小林登茂子詩集

Kobayashi Tomoko

新・日本現代詩文庫

141

土曜美術社出版販売

新・日本現代詩文庫　141　小林登茂子詩集　目次

詩篇

Ⅱ

未刊詩篇

エッセイ

詩篇

詩集『赤い傘』（一九九二年）抄

Ⅰ

からすうり

月あかりで　花びらを開き
日の出のまえに　閉じてしまう
朝のひかりを知らない純白のレースは
かすかな夜風にも
ちいさく　ふるえている

一日　一週間　一か月　一年　十年
あなたを待ち続けて
とうとう　百年が過ぎてしまいました

ヒュー　ヒュー
木枯らしの吹きすさぶ季節
女は　まあるい実になりました
待つ心だけの
あかく　あかく　燃えて

花みずき

花みずきにちょうの群舞
五月の風にひらひらと舞う
幅広の大きなリボンをつけて
恥ずかしそうに立つ娘のよう

日毎にまるみを増す
十歳の春

初めて自分で自分の髪を結んだ
一本の髪の乱れを許せなくて
くりかえし何度も結び直す

鏡に姿をうつす娘よ
髪のほつれを気にするように
心のほつれも見逃さないで

大きなリボンはちょうになる
五月の風にひらひらと舞う
透き通った高さめざして
一挙に飛び立とうと身がまえている
ちょうの群舞

私は魚

両腕を上げて
頭の上で手のひらを組むのです
両足はそろえて
ひざを軽く曲げます
水槽がとても小さいので
まっすぐに伸ばせないのです
上を向くことも
下を向くこともできないので
横向きのまま泳ぎます

私にはヒレが無いので
泳ぐというよりは
マルタンボみたいに　身体を

よじっていると言った方がピッタリです
前進はしません

それでも泳ぎたくて
衣服を全部脱ぎ捨て　水槽に入ります
細胞のすみずみまで緊張させる冷たい水
魚になることに集中していく意識
今日も私は　少し泳ぎました

月のしずく

太陽が沈み　月が輝きはじめると
妻は月のしずくから生まれる星くずを集めて
食事の準備をはじめます
夫は宇宙コンピューターのスイッチを入れ
地球で発表されたニュースの
入力をはじめます
二人は生まれたばかりの星座で
地球で起こった出来事を
夜のうちに　宇宙コンピューターに
入力するのが仕事です

ある時
ふたつの国で　戦争がはじまりました
昼も夜も　空中を飛行機が飛び
攻撃迎撃ミサイルが飛び交い
ニュースがあふれて
コンピューターは加熱しそうでした
戦争が終わった日
ふたつの国は
それぞれに自分の国の
勝利のニュースを流しました
夫は少し眉をひそめましたが

どちらのニュースも正確に入力しました
この間（あいだ）に
ふたつの国のたくさんの生命（いのち）が
月のしずくになりました

空が明るくなってくると
夫婦星（めおとぼし）も
月のしずくも
太陽の光を浴びて
淡々と　あわあわと
透きとおっていきました

寒椿

改札口を出て
線路に直角にかかった橋を渡って
坂道を上る
中ほどに喫茶店がある

奥の壁で　大きな水車が水を受けて
ゆっくりと回っている
男はコーヒーを　女は紅茶を注文すると
ただ　黙っていた
――ことばは空気に触れると嘘にかわる
　約束はきっと破られる

紙ナプキンに
相手の名前をひらがなで書く
かわるがわる空白が無くなるまで
短い鉛筆を渡すとき
かすかに指が触れ合う
無言のまま
女を見つめ　男を見つめかえす

男の茶色がかった瞳が
光を受けて　青くひかり
女の磁場に吸い込まれていく

線路に沿って
堀が流れを見せずに流れている
（もうすぐ　あなたと奥さんの間に赤ちゃんが…
…）
橋の袂で寒椿がひっそりと咲いている
冷たい流れの底に
真っ赤な花首がひとつ
沈んでいる

赤い傘

日ぐれて　氷雨はまだ降りつづいている
男物の傘の中に男と女
公園を歩いていく

四隅からのライトに浮かび上がる噴水は
つるが翼を広げ　首を真上に伸ばし
くちばしから水を噴き上げようとして
噴き上げた水しぶきの形のまま
凍りついている

女は傘を持つ男のこぶしにほほを寄せる
男は小指をたてて　ほほをつく
女は立ち止まって　小指をかむ
少しずつ　少しずつ力を入れる
真っ赤な血が流れる
ほどに歯をたてて　男を見上げる
男の肩は氷雨に濡れてひかっている

瞳は艶やかな女のくちびるを見つめている
女は傘にすっぽりと包まれている

天を仰いで伸ばした細い首には
最後の一滴まで噴き上げようと
押し上げられたしずくが　流れしたたり
涙のように
いくすじも凍りついている
（氷に閉じ込められたつるは
　飛べない　鳴けない　歌えない）
女は　そっと離れて
自分の赤い傘を　カチッと開いた

II

クレヨン

「赤い車に乗ってるんだって？」
駅まで送ろうとする私の車に
乗り込みながら言った
全盲の彼が色を付けたことに戸惑い
しばらく声が出なかった
（車は赤ではなかった）
戸惑いがバネになった
赤い車を踏みつぶすように一気に否定した
色についての私たちの会話はそこで途切れた

東山魁夷の著書を何冊も読んで　それで彼の絵

の世界に少しでも近づこうとしたり　芝木好子
の小説の中で　若い染色家が貝紫を追い求めて
遠く地球の裏側へ旅立って行く姿に強く引かれ
たりする
埼玉県点訳研究会会報第三号
――あこがれ――の中の彼の一文

光を失ってから三十数年
彼の中には
幼い日のクレヨンが秘められていた
音・臭い・味・触感・霊感
彼は全てで色を見　色を描いていたのか

……あの時
彼の中のクレヨンは
バラバラに飛び散ってしまったに違いない
……彼が逝ってしまったいま
私はクレヨンを拾い集め光を当てる
当たった光は屈折して
私のみぞおちにきりきりと射し込んでくる

旅

全盲のＴ氏が
四人掛けボックスの斜め向かいの席に座った
私たちは
光・闇・愛について
ことばを使わないで話した

乗物は走りつづけている
やがて　彼は白い杖を持って立ち上がり
次の車両の次の座席に向かった
そこで　光を知らない子供たちの未来に

一条の光を注ごうとしていた

乗客は何時（いつ）どのようにして乗り込んだか
誰にも記憶がない
気付いたとき　旅ははじまっていた

窓外の景色は
流れるように後方に消えていく
が　向かい合わせの席に座った
（それは偶然だろうか）
限られた人々の下車の一瞬は
焼きついたように消えない

（二十歳（はたち）のY君は酸素テントの中で
にぎりこぶし程に小さくなった顔で
イヤイヤしながら下りていった
K氏はガンに身体中冒（おか）され
自ら下車を望みながら
　飛び下りはしなかった）

全盲のT氏は次の車両に移ろうとして
連結器のわずかな空間
（そこは光を得ている者が
　決して踏み込むことのない空間）
に歩を向け
吸い込まれるように
突然　下車してしまった

私は体温のように生あたたかい
座席の背に頭を持たせて
下車するまでのことを考えている
乗物は低く唸りながら
スピードを上げた

チョクさん

チョクさんは舞台照明家です
髪は九割がた白く
ほっそりとした身体と
血管の浮き出た太い腕を持っています
無口で声が小さくて
うなずいてばかりいます

仕込みの日には
ライトを移動したり
フィルターを替えたり
バトンに固定された
ライトのねじを締め直したり
黙々と動き回っています

舞台の高い天井に
横一列に整列したライトが
何本も吊り上げられると
チョクさんは天井を見上げ　息を止め
太い竹ざおを操って
ライトの角度を細かく修正していきます
ひとつ修正すると竹ざおを床に垂直に立て
吐き出す息を一旦両ほほに溜め
ほっぺたをふくらませます
それから口唇をすぼめ
小さな摩擦音をたてて
ゆっくりと　息を吐きます

仕込みの仕上げにチョクさんは
天井いっぱいのライトを
生命を燃やして修正していきます

私のスポットライトの中で
チョクさんの生命が燃えて
「ほのお」が
大きくなったり
小さくなったりしています

トネさん

トネさんはセーターもシャツも
いっぺんに胸までまくって
ゆがんだ十字架をみせてくれました
右脇の下から乳首の下を通って
左脇の下までと
胸からおへそをちょっと避けて
ずーっと下まで続いた傷で
もし傷にチャックがついていて
そのチャックを開けたら
内臓がぜーんぶ取り出せそうに
大きいのです

心臓・胃・数回の腸閉塞……
トネさんが何回手術をしたのか
私は知りません
でも　此岸と彼岸にかかる
瀬戸大橋みたいに長い　一方通行の橋を
何回も渡りかけて　フッと立ち止まり
「芝居　芝居」とつぶやいて
こっそりUターンしてきたことは
知っています
（救急車で運ばれながら　次の日の舞台稽古の段
取りを考えていたこともあるのです）

日よう日には　朝の九時から夜の九時まで
おにぎり三つで　昼休みも無しで
えんま様の化身のように稽古をつけます
傷だらけのお腹で　つばを飛ばしながら
（おならをした時は　必ず隣の人のせいにします）
若者になったり　老婆になったり　よっぱらいになったり
（恋人ごっこが一番好きなようです）
どなったり　おだてたりして
生まれて初めて芝居をした人を
舞台にあげてしまいます

燃えあがるほのおは
風をおこし　風を呼びます
（私は女優）
風になって　トネさんのほのおに
吸い込まれていきます

距離

今日　全盲ゆえに電車に撥ねられた
あなたの棺を見送った
身代わりにならなかった
無傷の白いつえが添えられていた
雨が粉のように降りそそいでいた

白いつえをついた人
母に手を引かれた子
知り合いの肩や腕につかまっている人々
点字・朗読のボランティアの人々
職場の仲間

駅は喪服で埋まり
駅からあなたの家まで
無口な黒い行列がつづいた

肩まで湯につかり　まぶたを閉じる
（あなたの世界はいつもこうだったのか）
目を閉じていると
音と指先に集中していく意識
闇の中で
孤独は次第に恐怖へとかわっていく
恐怖は湧き上がる雲のように大きくなって
わたしのスケールを砕きはじめる

まぶたを開ける
（……もう　あなたとの距離をはかれない）
粉々になったスケールが
今日の雨のように
わたしを濡らしている

一周忌

去年の今日　この時間
あなたは　まだ生きていた
一時間後
世界の全盲者との輪を夢みたあなたを
打ちくだく事故が起きようと
誰も思いはしなかった

訊こうとして　訊けなかった
光が徐々に消えていった　幼い日のこと
「ぼくら　職業を自分から選べないから」
小さく言った　ひとことについて
あなたへの　とりとめのない手紙を

手紙のつづきを　書き続ける

街の中を車で走りながらも
駅の改札口でも階段でも
私はいつの間にか　白いつえを捜している

桜の咲くころ
彼の三回忌がある

Ⅲ

かたぐるま

母の実家からの帰り道
大きなコンクリートの橋の真ん中で
わたしをかたぐるました父が
「トモコノ　アンヨ　タベチャウゾー」
口びるに力を入れて
〈パフッ　パフッ〉と破裂音をたてながら
わたしの足をかむ真似をする
ひげだらけの父のほほが触れて
ころげ落ちるほどくすぐったくて
わたしはあばれながら　本気で
ガブリと父の頭にかみついた

みそっ歯はとんがっていて
父は涙がでるほど痛かったと言い
それ以来　髪の毛が脱けはじめ
額からつむじの後まで
すっかり無くなってしまった……と
繰り返し　からかわれた

足を〈パフッ　パフッ〉とかまれたことも
頭をかじったことも憶えていないが
心に焼き付いている三歳の風景は
高くて広かった父の肩
短く刈り込んだぼうず頭に
ハチマキみたいにしがみついたわたし
水彩えのぐを　うすく延ばしたような
あわい空の色
手を伸ばせば　届きそうなところに
浮かんでいた　白い雲

踵（かかと）

娘は入院中の父の身体を拭いている
熱湯にタオルをつけ爪でしぼる
（父が湯ぶねにつかったのは
　何か月前のことだろうか）
踵の皮膚は
小麦粉を水で溶いて　張りつけたように重なり
蒸しタオルで拭いたくらいではとれない
ふとんの上にビニールを敷いて爪でひっかく
四十数年間大地を踏みしめて
厚く硬かった踵も
体重をささえない今では柔らかくなり
ポロポロとビニールの上にこぼれていく

足を洗い終えた父は
身体を伸ばしてまぶたを閉じた
娘はベッドの側へ座り
床ずれのある腰骨の下に腕を入れる
「痛くない？」
聞きながらそっと肩まで腕を差し込む
体重を軽く感じながら片手でふとんを整える

「いい気持ちだ」と父

呼吸がいつの間にか寝息にかわる
途切れない痛みに
いつも薬で眠っていた父が
今　薬もなしにまどろんでいる
やせた父の体重が重みを増す
腕がしびれてくる
動かせば父が目覚めてしまう
次第に感覚がなくなる腕

数日後　父は洗面器いっぱいの吐血をした
それはしびれた腕をかかえた娘が
座っていた位置に
赤黒くこんもりと盛り上がっていた
父は片腕で上半身をささえ
血の気のない顔で
「看護婦さんを呼んできて」
十五歳の誕生日を迎えたばかりの娘に
静かに言った

薄絹（うすぎぬ）

掘り起こされたばかりの土を
ひとにぎり落とす
土は一瞬のうちに棺の上に飛び散る
……アア　ヨゴレテシマウ

帰宅した父の顔に苦しみはない
横たわるふとんの
胸のあたりがゆるやかに上下する
……イキヲ　シテイル
白布をはずし鼻の上に手をかざす

もう一度　胸のあたりをじっと見つめる
〝ゆで卵の白身のようだ〟と
産姿に言われたという父の皮膚
ほほも胸に組んだ指も
ほの暗い電灯の下で　薄絹に被われたように
白くなめらかに浮かび上がっている
ふとんをまくり臑(すね)に触れると
透き通るように冷たい
臑の上に
ポタポタと涙がこぼれる
……ナミダノアトガ　ツケバイイ

私がひとにぎりの土を落としたのを合図に
何本ものスコップが無言で土塊を落とす
棺はドサドサとにぶい音をたてて
たちまち見えなくなる

……ワタシノ　チチヨ
……ウメナイ　デ

あぶらんけんさん

夢見しを　獏(ばく)の餌食となすなれば
心も晴れし　暁の空
　あぶらんけんさん　獏食え　獏食え
明治生まれの祖母は　夢を見ると
こう　おまじないを唱えたという
「下見て暮らせ　上を見たらキリがない」
夢を見てはいけなかった時代に
見てしまった夢は
獏に食べさせる他なかったのだろうか
幼い日　大空を飛ぶ夢をよく見た

羽ばたくと　ふわりと身体が浮かび
楽々と上昇していく
眼下に樹木が繁っていた
夢の中で　私の翼が魔力を失ったのは
いつからだろうか
羽ばたいても羽ばたいても
身体が下降し　急降下の恐怖を味わう
ついに私は　飛行する夢を見なくなった

勤め　育児　家事と
細切れの日常が　夢のように過ぎていく
祖母の時代のずっと以前から
平成の時代になっても
女たちは　夢を獏に食べさせ続けている

マグマ

「全部　捨てます」
少しの沈黙のあと
少年はきっぱりと言った
始めたばかりの柔道もバンドも捨てて
〈芝居〉にかけるという
少年のなめらかなうなじを染めて
マグマがたぎっている
彼の持っている無限に近い時間の中では
マグマがどんなにあふれても
燃えつきることはないだろう

折り返し地点を過ぎた私の持ち時間
決められた事を決められたように繰り返す

一般事務という仕事
子離れの時機が来ているのに捨てられない
母という名と実
エアーポケットに落ちる休日の昼寝

私の中にたぎるマグマはもう無い
一つの輪に次の輪が
交叉して　連なっていく
三十六度五分の体温が
這うようにたどっていく
ひとつひとつの輪を確かめながら

詩集『薔薇記』（一九九七年）抄

1

薔薇記

雨の降る日　ひとり
薔薇の香を焚く

薔薇の花びらに埋もれ
窒息していく短編「薔薇忌」*
天井から降りそそぐ花びら
甘い香りの中で死んでいきたいのだが
下の方から腐敗した花びらが
異臭を放ちながら

息を止めていくのだという

微かな雨の音　ゆれる煙
部屋中に立ちのぼる薔薇の甘さ
天井から　言の花びら　ひらり

丹念に手のひらにのせて
私は　内側へと旅立っていく
薔薇の香に濡れて
夕暮れまで　ひとり
腐敗しそうな日常に　香を焚く

＊　皆川博子著

風花

きらり　光に吸い取られて
ひとひら　消えた
ひらり　地に吸い寄せられて
ひとひら　溶けた
ゆらり　さ迷う
朝の光の中　桜の花びらのように

あなたはまっすぐ前を向いたまま
大股で歩いて行く
風に運ばれている私
あなたの手のひらに堕ちれば
たちまち消える
遠くを見つめるあなたの横顔

きりりと結んだ口元の
奥に隠した　白いエナメル

あなたの温もりで　私を溶かして
滴になって　大空へ昇る
知らない山の　川の流れに
白い結晶の　新しい旅が始まる

2

矢車草

母が矢車草の中に身体を沈め
花ばさみをパチンと鳴らす
老いて　何も持たない母は
久し振りに里に帰った娘へのみやげに
矢車を切る　少しでも長く
花を楽しめるようにと　首をかしげ
眼鏡越しに目を凝らし　ねらいを定め
つぼみを選んで　はさみを入れる

細く硬い矢車の茎
長い時間をかけて　ほんのひとにぎり
新聞紙にくるみ
家に着いたら　すぐ水に入れるんだよと
幼児に伝える言葉で言う

日に何度も通り　いつでも見られる
玄関　台所　居間の
小さな花びんに　小さくかざる
一日いちにち変わっていく
紺と薄紅と紫のグラデーション

この頃　指先に力が入らなくて　と
淋しげに　はにかむ母の笑顔が
紫の矢車の向こうに

杖

盆の十六日
御魂送りの日
正月から半年振りに会った母は
ちょうちんを左手に
くゆりと曲がった杖を右手に
内股で墓地に向かう

ゆらゆらとゆれる灯は父と祖母
久し振りに我家に戻った二人と母は
びゃくだんの香りに包まれて

何を語らったのだろう

銘木師の夫を亡くした三十代の母の杖は
四人の子供だったろうか
五十代では三人の孫
七十二歳の母の杖は　気取った仙人風

庭の芝生の雑草をぬく
ゲートボールで足腰をきたえる
道端に草花を植える
誰にも迷惑をかけずに旅立ちたいと
口に出さない母はひっそりと身体を動かす

会うたびに丸味を増す母が　私の前を行く
ちょうちんの灯に吸い込まれそうに
その母を支えているのは
父の愛した天然木

プラスチックレンズ

久し振りに実家へ帰った
母の眼鏡のレンズが白く曇っている
汚れているよと
洗剤で洗ったが透明にならない
寝ても起きても掛けっ放しと
笑う母のプラスチックレンズには
細かい無数の傷が付いてしまったらしい

新しく作り替えるのはもったいないと
遠慮していた母だが
一緒に行き付けの眼鏡屋に向かう時の
足取りは軽く　少女のようだ
一人で子供四人を育てた逞しさは
遠い時間の中に埋葬され
会う度に小さく軽くなって
私に近づいたと思うと離れていく

私は長女で年寄りっ子
幼い日は　凍えた足を太ももに挟んで
暖めてくれた祖母の眼鏡で
母を視ていた
今　母との距離が測れないのは
決して割れない祖母のレンズが
私の瞳を被っているからかも知れない
無数の傷を残して

赤いカバン

私が生まれた時

「この娘は嫁にやらない」
と言ったという父

小学校の遠足の朝
父が買ってきた茶色い手さげカバンが
気に入らなくて
私は布団の中でメソメソしていた
父は黙って　まだ閉まっている店を起こし
赤いカバンと取り替えてきた
私はにこにことと起き出したが
素直に　ありがとう　と言えない
我ままを通した自分が嫌だった

父が逝ったのはそれから六　七年後の二月
筑波下ろしが吹きわたり
底冷えのする　その夜
私は布団にもぐり　しゃくりあげていた

ただ無性に父に会いたがっていた
その死を全く知らずに

赤いカバンはいつも薄暗い部屋の片すみで
私を待っていたのだろうか
記憶はあの朝で途切れている
「ありがとう」と「ごめんなさい」の
ことばを　胸の底に沈めたまま

3

気泡

ムルロア環礁に一つの卵が埋められた
その時　地殻は激しく振動し

青い海原は一キロ四方円形にその色を変えた
海底から湧き上がった衝撃に
無数の気泡が立ち上がった
気泡は千キロ離れたタヒチの
空港と商店を打ち壊し
全世界へと伝わっていく

親鳥は環礁から遠く離れた所で
卵の研究をしている
より小さく　軽くなって
より遠くの目標に向かって
より早く　正確に飛び立つために
あー　もっとデータが欲しい
だが　卵が孵化する時
緑の地球は　その色を灰色に変えるだろう
そこで息衝く生命は　全て
破壊されるだろう

青く透明な南の海の色を変えた気泡は
今夜　私のペン先を濡らしている

満月

（私たちは無償で生命を与えられた）
金南祚さんの日本語が静かに会場に流れる
ことばは私の血液に溶けて身体（からだ）を巡る
私は私の小さな生命を想う

三人の子を産み　育て
祖母に愛された方法で愛しつづけている
六月の雨を愛し
父の横顔のような雲を愛し
すみれを愛し　たんぽぽを愛し

詩を愛し　芝居を愛した
光ることばは語れないけれど
光ることばにふるえる心を持っている

今夜は十五夜
うす紅のすすきの穂が揺れる
コオロギが鳴いている
世界詩人会議日本大会の金さんの声が
再び　私の中を巡りはじめる
　この夏　母が杖をつく姿を初めてみた
父が逝った年齢（とし）を五歳越えた

おぼろげな光の中に
私の小さな生命を慈しみ
私を導く　無償の手をみつけた
ひざまずいた私は　無償の子を宿した

赤い月

「百年　経ったら　又逢いましょう
　その時は　私を抱きしめて
　離さないでくださいね」
丸く大きな赤い月が　二人を照らしている
女は　初めて涙をみせた
あふれる涙と共に　両の瞳が流れ落ちた
女は盲いたまま
赤い月に招かれるように
高くたかく　昇って消えた
「百年も　待てない……」
男は女の残した瞳を抱き　放心してつぶやく
涙があふれ　流れ　ほほを伝い
胸に抱いた瞳に　ポタリと落ちた

すると　濡れた瞳から
薄みどりの若葉が芽生え
涙のひと滴ごとに伸びていった
男はひざまずき
湧き清水となって注ぎつづけた
途切れてはいけない
汚れてはいけない
葉がかぶるほど　あふれてはいけない
やがて　真っ白い聖十字の花が咲いた

清らかなせせらぎの中でしか生きられない
心のかたちをした丸い葉と
肩を寄せ合う白い十字架を見つめていると
男は　〈百年〉
女を待てるような気がした

翡翠記

女優は百年
主役を演じ続けてきた
舞台の上での生活は
恋あり　愛あり
いつもスポットライトに晒されて

客席の角々まで難なく通った声も
長いセリフも　途切れがちの　この頃
ドーランを落とした素顔を
覗けるのは本人だけ
時々　幻想と日常の境界がぼやけて
心ばかりが　華やかに恋をする
舞台を観ただけで言葉を交した事も無い

前衛舞台の青年俳優へと向かう心

女は誰も居ない公園のベンチで一人つぶやく
青年俳優に語りかけるように
「翡翠(カワセミ)を見たんですって?　私も見たいわ」
男は洗いざらしのTシャツにジーンズ
シャツの衿ぐりは伸びて波打ち
上向きに生えた胸毛と
浮き出た鎖骨をのぞかせる
鍛えられた肉体は余分な肉を持たない
男は女の薬指に目を止めて
「翡翠(ヒスイ)がお似合いですね」と言う
翡翠(ヒスイ)が似合う年齢は　何歳(いくつ)かしら
女は胸のうちでつぶやいてまぶたを閉じる
男の腕が腰に回る　女は寄り添う
(翡翠(ヒスイ)はとろりと深い沼　底知れぬ淵)
女は波紋も立てず　沈んでいった

ベンチの背もたれに寄り添ったまま
動かない女が見付けられたのは
翌日　太陽が高く昇ってから

＊　皆川博子著「翡翠忌」によせて

藤の木坂

夕食を軽く済ませて芝居の稽古に行く
片道二十二キロ　車で四十五分
たった五つのセリフを練習するために

藤の木坂は〈まだ〉が〈もう〉に
替わる十一キロ地点

何時も　一息ついて通過する

ジグソーパズルのように
一こまずつ組み立てられていく
「花」*は二時間三十分の舞台
一こま欠けても幕は上がらない　けれど
私が欠けても幕は上がるだろう

師走の風が吹く稽古の帰り
外灯に照らし出された路肩に
枯葉が吹き寄せられている
このゆるやかな長い坂を昇れば　もう……
私は　シフトダウンして
アクセルをふかした

＊　田宮虎彦原作、平石耕一脚色

開幕のベル

一九九六年七月六日午後六時
開幕前の一(いち)ベルの音が響く
緞帳の内側に紗幕が下がり
その奥のテーブルに私たちは座っている
舞台はまだ明るい

舞台の場所はアメリカ　カリフォルニア州
マンザナ強制収容所
時は五十年前　私が生まれた頃
二幕六場　上演時間二時間四十分
私は新聞記者
並んで座っているのは浪曲師

井上ひさしの「マンザナわが町」の脚本は
憶えるそばから忘れるほどの長ゼリフばかり
人類学者　女優　歌手と
それぞれの役目を担ってセリフと格闘
非力な私たちは
それぞれが役目を果たそうと台本に目を落とし
口の中でセリフを繰り返す

人生は時間も空間も繰り返せないのに
舞台では時間を遡り
同じ空間を生き返さなければならない

開幕の二(に)ベルが鳴り始めた
舞台も客席も闇の中に沈んでいく
私は女優　引き返せない流れに乗って
私自身を見つめている

詩集『扉の向こう』（二〇〇三年）抄

1　道連れ

雑木林

小学校へはナラやクヌギの雑木林を
通り抜けて通った
くねくね続く一本道は　やっと
荷車が通れる幅だ
林のはずれで奥州街道*と交わる
街道には大杉が並んでいた
枝々が天を指してくろぐろと茂り
太い幹の向こう側には

誰かが隠れていそうで
私はいつも小走りに通り過ぎた

学校帰り
その日は雪模様のどんよりとした空だった
　ちゃこちゃん　手をつなごう
街道を過ぎたところで言って
私はこっそり目を閉じた

おしゃべりをしながら歩いていると
靴底にふわふわとした感触があって
かさかさと枯葉の音もする
目を開けると　道を外れて
林の中に分け入っていた

ちゃこちゃんも私に内緒で
目を閉じていたのだ

今　雑木林は真岡工業団地になった
恐ろしかった杉並木の街道も見つからない
小学校はどの方角にあるのだろう

広い工場の敷地の片隅に
十数本のナラやクヌギを見つけた
雑木林の風景だ　ふと靴底に
降り積もった枯れ葉の感触がよみがえった

＊　五街道の奥州街道ではないが、地元ではそう呼んでいた

きつね

都幾川の河原へと続く駐車場で狐を見た
尾を下げて　左右をちらっと見ながら

屋敷林の陰へ消えた

十八歳まで過ごした実家の裏には林があって
ナラやクヌギが深く続いていた
「ギャオー」と獣の叫びを聞いたのは
祖母と風呂に入っていた四十数年前のこと
金縛りにあったように動けずにいると
もうひと鳴き　それははるか彼方に去っていた
　大丈夫　きつねだよ
祖母が私の肩を湯に沈めた

今も残る切り裂くような雄叫び
そして　疾風のような速さ
本当に　きつね　だったのか

十一月下旬の都幾川は
鮮やかな紅葉を映している

河原で雲母のような小石を拾った
陽に当ててゆらすと
真珠色の光が飛び散る
光の中で　祖母が目を細めて
笑っている　銀色の髪がゆれていた

ホルンの中で私は

世界詩人祭２０００東京
羽生会場での催しのメインは
水郷公園の芝生の上での朗読会だ

前日の天気予報は　午前中雨
午後ところによって晴れ間
せめて曇ってほしいと祈りながら床につく
明けて十一月四日の朝

底なしの青い空
まぶしいほどの光が
降り注いでいた

琴の演奏を聴いた後
模擬店の寿司やおでんやサンドイッチで
昼食を済ませた参加者は
ワークヒルズに集合
ステージは一段高くなった芝生
その上に落ちた紅葉が
自然の中の朗読会を祝福しているようだ

マイクを片手に朗読を始めた詩人
フィリップ　ハミエルは
観客が座る休憩棟に　近づいたり離れたり
芝生の上を歩き回り
リフレーン　リフレーン　リフレーン

ホルンの中で私は　と
二十回　歌うように続けた
オーストラリアの大地で
彼はいつもこんな風に
魂を浮遊させているのだろうか

色づきはじめた草紅葉を背景に　私は
ホルンの中の吟遊詩人の魂を
日本語で朗読する
いつしか私も　ホルンの中に迷い込んで

月を食べた湖

韓国には　月を食べた湖　という喫茶店があった

あなたは月　地上の湖に

次々と姿を写して　通り過ぎていく
私は湖　写った影を抱きしめて
夜を過ごし　朝を迎え
昼を過ごし　夜を待つ

遠くから眺めるばかりだったあなたが
私に近づいて　私の瞳をのぞき込む
あなたの瞳に私の影が宿って
手を伸ばせば届きそう
たくさんの明るい夜と
たくさんの暗い夜を過ごした

私の胸の奥で　時々ぴくりと
動くのは　月のうさぎだ
とばかり思っていたけれど
恋は誤解から始まるのでしょうか
水面に張り付いて
体積をなくしたように　私は今
あなたの湖で漂っている

カナカナ

明け方　カナカナの声を聞いた
鈴を振っているように　細く小さく
繰り返す　カナカナカナカナ
ほの暗い光の中で　浅黄色の
透けた羽がふるえているのだろう

枕から耳を上げて　声の行方を捜す
九月も半ば　蜩の季節はもう終わりだ
鳴いているのは一匹　カナカナカナ
距離も位置も分からぬまま
私はまどろむ

水面は穏やかだが　水底には
ホールがあって激しく渦巻いている
女は足首を浸した後全身を沈めた
ゆらりと漂い　ゆらゆら揺れて　やがて
ゆっくりと回転しながら
ホールに吸いこまれていった
浅黄色の瞳がまっすぐ私を見つめていた

空がほの白く明けて
しんと静まりかえった朝がきた
私の胸の奥で　カナカナカナカナカナ
カナカナカナカナ

日傘

叔父夫婦は共に八十六歳
久方ぶりに　菩提寺で待ち合わせて
彼岸参りをした

七月の日差しを　日傘で受け止め
ひっそりと立つ叔母は
不思議そうに　私を見ている
叔母の記憶は　所々欠落し
幼い日を過ごした海辺の町を　さ迷い
実の娘を自分の姉だと思う日もあるという

墓参を終えて　木陰のベンチに腰掛け
歌の得意な叔母に所望すると

細く透き通った声で
—サケハノメノメ　ノムナラバ
私たちは手拍子をとって誉め讃えた
—こんなところで会うなんて
　偶然だね
叔母は私を思い出したように言った

日傘を差して　ポンプで水をくみ上げ
柄杓に水を満たした
それを飲み干すと　また満たし
黙って叔父に差し出した叔母

雲が流れて　日傘の影が
地上に落ちて　出来ては　途切れ
薄れては　消えていく
にこにこと水を飲む叔父は　この影の
どの位置を　占めているのだろう

海ぶどう

ドレッシングを直接かけないでください
浸透圧で玉がつぶれてしまいます
十センチ足らずの小さな海藻
ぶどうの房のように並んでいる
直径一ミリの球形は　葉だろうか

流水に浸し　両手ですくい上げる

ぷりぷりした触感を味わうには
ドレッシングをつけて
素早く　食べてください

何もつけずに味わってみる

海水の香りと　かすかなぬめり
沖縄の透明な海を
体内に取り込んだ生命の集まり

私たちも母の体内で
海ぶどうのように　育まれてきた
ゆらり　ゆられ　守られながら

浸透圧はどちらにも働かない
正確な塩分濃度を計算したのは　誰？
大きな掌の上の私たちのいのち

2　スポットライト

扉の向こう

木下順二作「夕鶴」のつう
五十分間に　安らぎ　憂い　迷い　喜び
怒り　希望　哀しみ　祈り
目まぐるしく演じて
白くなって消えていく　つう

セリフも憶え　日常のシーンも
狂乱のシーンも　別れのシーンも
出来上がったけれど
与ひょうと愛し合うことができない
ほんとにあんたが好き

与ひょうを抱きしめ——ここで
芝居は中断する　扉の前で立ちすくむ

型通り抱き合えばセリフも型通り流れて
それぞれが　一人芝居
連日　型を変えて頭　肩　腰を抱きしめる

なぜ私たちは抱き合っているのだろう
私はなぜ　芝居をしているのだろう

本番まで一週間　ふと与ひょうの腕が
柔らかくつうを抱きしめてくれるのを感じた
そのとき　扉は開き
私は足の先まで　鶴になった

紙雪

与ひょう　あたしの大事な与ひょう
スポットライトの中に紙雪
ひとひら　ふたひら　やがて
ライトを隠して　ひらひらひらひらひら

こんなに愛しているのに
あんたはだんだん離れていく
別れの予感におびえる　つう
下手へ　奥へ　雪を蹴散らして狂う
遠のいていく意識　いつしか
雪に埋もれてうずくまる

どうしただ　つう

裸足で駆け寄る与ひょう
　寒いでよう　雪の中は
（ああ　私は雪の中に倒れていたのね）
つうを抱きしめ　抱き上げ家に向かう
その足下で　ふわりと雪が舞い上がる

闇の中に浮かぶ　雪明かりの舞台
抱きしめたのも抱きしめられたのも　紙雪
与ひょうの腕の中にすべてを封印して
下りた幕　その内側で
名残りの雪が　ひとひら
はらりと落ちた

スポットライト

髪を切ったんだね　つう
　なんだか一か月も休んでいたようだよ
「夕鶴」の打ち上げの日から十日後
与ひょうも運ずも惣ども
稽古場のドアを開けるなり言う

演目が決まったのは二月
公演日が確定したのは三月　本番は九月
一人　呪文のようにセリフを唱え
つうの心を追い続けた
時間を追いかけてきたつもりだが
本当に追いかけてきたのは終演だった

長針と短針をなくした時計の
秒針だけに私たちは刻まれていた
人の一生もこんな風に
過ぎていくのかもしれない
長針が右回りにグッと動くとき

人は目覚めない眠りに落ちるのだ
私だけを照らし　私を追って
移動したスポットライトは　今
瞳を閉じて　固定されたまま

初山参り

　今年はたくさん来たんですよ
地元の老婦人がにこやかに話す
おんたけさんと親しまれる御嶽神社に
生まれた子の健やかな成長を
祈願する初山参り
この神社から　北東に数百メートル進むと
「中島敦」が六歳まで暮らした地がある

　やりたいね
　やりましょうよ
劇団員七名　ほとんどが敦を知らぬまま
小説に夢を託した男の芝居
「中島敦・山月記慟哭」はスタートした

人は書くことで何を得るのだろう
心の内側の闇を　稲妻のように
切り裂いて文字に残す
それは存在の証明なのだろうか

この芝居も脚本を書くことから始まった

二歳で久喜に来た敦は
初山参りはできなかったかもしれない
けれど　祖母の手を振りほどき
神社の御山によじ登る姿が見える

この幼子が私たちを引き寄せるのだ
磁場のように

リセット

詩人としてこの名を死後百年に残そうと
したのだが
「山月記」の虎になった男　李徴は言う
今　その作者中島敦が
死後六十数年を経て
舞台に蘇ろうとしている
セリフは心を表すためにあるのだけれど
役者の言葉ではない
ひたすら覚えて　セリフが心と肉体を
占領するまで稽古をする
かつて人は時空を超えるために
文字を得た
文字に託した敦の思い
その文字を遡って　私たちは非日常を生きる
ライトやメイクや衣装や装置や音楽を
駆使して　小さな空間に
敦の思いを　あの時の　あの場所の
あの出来事を再現するために
時計の針を逆に回して

二人の私

暮らした地を訪ね　ゆかりの地を訪ね
書いた小説を読み　経歴を調べ
写真を見る

中島敦の妻　たかを演ずる
実在の人物を演ずるのは初めてだ

表情も仕草も写真のたかと重なる
意識は実在だったその人を追い続ける
まるい黒縁の眼鏡をかけ
ふさふさとした前髪を七三に分けた中島敦
喘息に苦しみながら書き続けた

凝縮された日々が永遠の命を宿した
再現することはできるだろうか
平凡な日々を過ごす私に

凪いだ海での長い航海も
嵐の海での短い航海も
命の重さは　等しいだろう

舞台の上で生きる私
私でなくなる日
ああ　私であり続ける日

天蚕糸（てぐす）

あなたが義姉（あね）を演じてくれるのですね
ありがとうございます

白髪の頭を深々と下げて
敦の実妹の折原澄子さんは涙を拭った
発作に苦しむ敦を妻のたかが
介抱するシーンの稽古を見た後

ごめんなさいね
優しかった兄と義姉を思いだしてしまって
敦が亡くなる前の十か月を
共に暮らしたという

ありがとうございます
私も両手を揃え　頭を下げた
澄子さんの目に映っているのは
たかを演じただけの私だ　けれど
頭を下げているのは
ずっと手探りで
たかを探してきた役者の私だ

澄子さんの涙は　その手に
天蚕糸を握らせてくれた
たかへと続く　誰にも見えない糸を

深海魚

公演まで残す日数は十日余り
稽古場の窓を開けると
金木犀の香りが流れ込む

セリフを追いかけ始めて四か月が過ぎた
うなじにまとわりつく髪を束ねて
セリフを繰り返した真夏日も
今は遠い

スポットライトに照らし出された
そこは昭和初期
医療も医薬品も未熟だった時代
病に敗れた男の　生き様を見つめて

まぶたは開いているけれど
瞳には何も映らない

男の胸の内を　彼と共に
生きた人々の胸の内を感ずるために

盲目となって　金木犀の海を
深く深く　沈んでいく　この秋

浮き雲

私の中を雲が流れていく

綿飴のように
私の中のセリフを掬い取って
次々と　流れ出す

終演を迎え　もう
いらなくなった私のセリフ
無理矢理　閉じこめてきた
中島敦へのたかの思い

役目を終えて　帰っていく
遠い空の彼方　たかのところへ

愛することと　生きることへの
問いを　私に残して

十月二日は　たかの命日
その日の稽古場は　金木犀が
むせるほど　香っていた

その香りも　行方知れず
私の中では　今も
浮雲が流れ続けている

武州入間郡

「武州鼻緒騒動」の稽古のため
さいたま芸術劇場に向かう

駅に降り立つと
夕闇が忍ぶように迫っていた

右手前方四十五度の位置に
金星が光を放っている
地平線には家並みが黒くくっきりと
影を見せている
茜色が闇に溶け出すあたり　正面の上空に
上弦の月がかかっていた
振り返れば　夜の闇が広がって
天空には　たくさんの星々が瞬いている

武州入間郡　市場から閉め出された
鼻緒作りを生業とする人々の
騒動があったのは　一八四三年夏
あの星々を見上げただろう瞳から
血の涙を流しながら死んでいったという

毒を盛られて

二〇〇〇年を迎えようとする今も
地上では　涙の血が流されている
人はどれほど争えば
それを終わりにするのだろう

闇に逆らうように
地平線を染めていた茜の空は
赤紫の細い帯になってしまった

ホタル

幕が上がり芝居が始まった　観客を前に
いつもの稽古とは異なる熱気を発して
物語が進んでいく

何度も繰り返した稽古のように
役に体を預けてセリフを語り
演技しようとする役者の私
相手役はいつもと違いハイテンション
　そんなに顔をしかめないで
　もっと　ゆったりと
　ああ　そうじゃない　解釈が　間合いが

いつの間にか演出している私

このシーンに客の反応があったのは初めて
こんな風に表現すれば良かったのか
セリフを繋ぐ　突然　セリフの順番が逆
いつも　抜けるセリフを今日は
完璧に言えたのに
もっと　演じることに集中しなければ

つなぐ　セリフを繋ぐ

何人もの私が　私の中で生きている
肉体を　役という幻に捧げて
限られた生命の時間を　燃やす
ひっそり　と光を放つホタル

マリオネット

舞台監督が幕の内側の中央に立って
舞台全体を　スタンバイした役者を
確認するように見回し
小さくうなずくと　下手へ去る

二ベルが鳴った
客席の明かりが　ゆっくりと
落ちているのだろう
ざわめきは引き潮に乗って消えた

張りつめた空気を裂いて
テーマソングの演奏が始まる
私は舞台の下手寄り少し奥まった位置に座り
結婚式の席次表を見ている
舞台の時間はまだ止まったまま

ライトに照らされた舞台が
客席の前にさらされ
「秋　黄昏て　瞼の父」の芝居が
脚本通りに始まる

ほどなく　客席から笑いのさざ波　うず
予想外の成り行きに私たちは戸惑う
繰り返し覚えたセリフも　途切れ途切れ

失敗続きの舞台になったけれど
客席からのエールが
劇場を笑いと涙の場にした

限られた空間で　限られた時間だけ
役者と客席を結ぶ無数の糸　私たちは
いたずらな神様に操られたマリオネット

3　モンゴルからの絵手紙

蒼の記憶

ふるさとのような
なつかしさがあるのはなぜだろう

初めての子のおしめを替える私を
安心させるように言ったのは
母だったか　祖母だったか
あるいはモンゴルからの声だったか
心配いらないよ　赤ん坊のお尻は
みんな　青いんだから

私たちはモンゴロイドだと教えられ
その証が　赤ん坊の時のお尻の青さと
蒙古斑を知ったのはいつだったろう

黒い瞳と　黒い髪と
骨太の骨格と　乳児の青い尻
はるかな記憶の果てで結ばれている

一九九九年　夏
生命のふるさとモンゴルへ旅立つ

ヨリン　アム渓谷

そこはモンゴル
標高二千メートルを超える地
はるか遠く　仕切りのない草原に
小さく動いている　馬　牛　鹿　ヤク
それぞれが群れをなして

正午近く　ヨル川に沿って
往復四キロの渓谷散策から帰ってきた
私たちをめがけて
馬の一群が走ってきた
たてがみがなびいている

続いて牛の群れ　そしてヤク

動物たちは源流のほとりで立ち止まり
ひとしきり飲むと　続く群れに
飲み場を譲って下流へ移動していく
雄大に続く地表では
四十人足らずの私たちは風景の一部だ

間近で見る動物たちは
肥りすぎず　やせすぎず
つややかな毛並み
たてがみが体に巻き付くように伸びたものも
切りそろえたように首に沿って
立っているものも
同じ秩序の中で生きている

モンゴルとコスモスと

コンクリートで縁取りした一畳くらいの
花壇がホテルの玄関脇にあった
仕切られているけれど
土を耕したようには見えない
内側の土も外側と同じだ

この空間を占領しているのは雑草
　自然に生えるいろいろな草
　目的の栽培植物以外に生える草
風に運ばれて芽生える命の強さに
追い立てられるように
隅で肩を寄せ合う
赤　薄紅　白のコスモス

ゲルのすぐ近くまで来て草を食べる牛
車の前を横切る羊
クラクションを鳴らしながらも
通り過ぎるのを待つ運転手
植物も動物も人も　対等の自由だ

ウランバートルの赤茶けた風景の中
草原の風が吹く　コスモスが
小さな空間で色をまき散らした

闇の底を流れる水

南ゴビのキャンプで思いがけず
シャワーを使った
トイレは水洗　清掃専門の人がいて

使用後すぐに汚れをチェックして洗い流す

旅行者専用のレストラン
入り口付近にコスモスが植えられていて
そこだけが　華やいだ空間
欲しいだけの水を貰っているように
深みどりの葉がみずみずしい

草原の草丈はどれも十センチ足らず
ミヤコワスレに似た葉の小花
砂混じりの地に
這うようにして咲いている

キャンプで使う水は井戸水
陽の光の届かない地の底から
汲み上げられ　太陽熱で暖められ
旅人の汗を流し　トイレをきれいにする

言葉は通じなくても　身振り手振りで
土産物の値段は分かる　けれど
水への思いは　モンゴリアンと
旅人の間で　堰き止められたまま

モンゴルからの絵手紙

南ゴビの草原から
ウランバートルに向かうプロペラ機
乗り込もうとする私たちを
強い風が追い立てる
旅の終わりを告げるような
八月末の突風

プロペラ機の高度は低い　私は

ゴビ砂漠の赤茶けた地肌が広がる窓に
額を押し当て　地平の彼方へと続いていく
無限を見つめていた

機体が旋回し　下降をはじめる　と
くるりくるりと　カーブを繰り返す緑の帯
幾重にも重なり交じわり
離れては寄り添う　ほどいたばかりの毛糸
風に吹かれるままに揺れる
女のカールした長い髪

水の流れの足跡
地下水脈の　透きとおった影
緑の濃淡は生命（いのち）の強さ　あるいは
地下水脈に　比例するのだろうか
生命の源　水が描いた絵

モンゴルが　地球が
わたしたちにくれた手紙

虹のトンネル

南ゴビからウランバートルへ
北へ向かうプロペラ機
窓からの景色は
赤茶けた起伏の繰り返し
地上絵のように　道が走り交叉している
ポツリとたった一つのゲル

左側の席に座って見下ろすと
途切れとぎれに流れてくる雲に
小肥りした飛行機の影
小さなちいさなグライダー

私たちが乗っている本物と
光の糸で結ばれて
同じ速度で飛んでいる　それを中心に
赤　青　黄色のまるい虹

手のひらに乗ってしまう大きさの中にも
私たちは乗っているのね
虹のトンネルをくぐり抜けて
ここに来たのね　大きな手に導かれて

機影とまるい虹を運ぶ雲の影が
地上をまだらに染めながら流れる
地平ははるか　天と地は一体になって
けぶっていた

草原の石像

ウランバートルから北東へ六十キロ
テレルジを目指して
バスはトール川の上流に向かった
二つの流れが合流するあたりから
風景は一面の緑
岸辺の樹木　小高い丘　針葉樹

なだらかな草原に岩が突き出ている
象の形　亀の形
数個の組み合わせで出来た
巨大な岩のオブジェ

上の方に太い亀裂が入り

今にも落ちそうで落ちない頭のような石
うつむく祈りの形

私達の祖先は木や石で像を彫り祈ってきた
この地では氷河が岩を彫ったという
削られた岩が地上に降り積もり　今
なだらかな草原になった　そこに
ポツリと　あるいは数個の白い円形住居

草を求めて移動するテントの中は
二個か三個の簡易ベッド　ストーブ
衣装ケース　数えるほどの台所用品
余分な物を持たない遊牧の民は
自然を引き寄せるのではなく
自然に身を寄せて　暮らしている

遊牧牛

今朝　赤茶けた風景を飛び立った
夕暮れには　虹の立つ
緑の風景に囲まれている
南ゴビからウランバートルを経て
モンゴルのほぼ中央
北寄りに位置するテレルジで

バスのドアが開くと　冷気が肌を刺す
あわててセーターを着　ズボンをはく
持っている衣服を全部重ね着しても
まだ寒い　八月の末
半袖で過ごした　彼の地から
どれほどの異境を越えてきたのだろう

明け方　宿泊テントの近くで
シャリシャリと音がした
柵を越えて入ってきた遊牧牛が
草を食んでいる
葉先が白く凍てついている
上目使いに宙を見つめる牛の瞳
薄明かりの中に白く浮かぶ

ジンギスハーン　ヒル

目的地に向かう私たちの行く手を阻むのは
草原に　昨日の雨で突然現れた川
二台のバスに分乗した一行だが
大型バスはぬかるみにはまってしまいそう
小型のバスに乗り換えて
浅瀬を選んでのピストン輸送

ジンギスハーン　ヒルはトール川のほとり
かつて　武将が寝泊まりしたという
水は澄んで　川底が見える
空は高く　浮き雲が白い
鳶が一羽頭上を旋回していた

ぶつ切りの羊の骨付き肉
両手でなければもてないものもある
牛乳保管のアルミ容器に似た入れ物に
肉とトール川の水を入れ
運び込んだ薪に火を付ける
煙が立ち上り　なま暖かい空気が
羊の匂いを乗せて散っていく

見上げれば　鳶は十羽近くに増えていた

骨を空に投げると　急降下
口でキャッチ　再び舞い上がった

モンゴルの詩人たちと韓国の詩人たちと
日本の詩人たちと鳶とのモンゴル風昼食
馬頭琴の音色が空に溶けていく午後
時間はゆっくりと流れて

白い夜

ウランバートルの街は　午後九時を過ぎても
夕暮れのまま　ぼんやりと明るい
人々は活気にあふれている

市内バスが走ってきた
通路で足を踏ん張っている人
窓ガラスに手をついて体を支えている人
小学校低学年らしい子供まで乗って満員だ

地図を頼りに探し当てて入った
スーパーマーケット
並んでいるのは　トマト　チョコレート
缶詰　衣類　せっけん　ケーキ

郵便局は二十四時間営業だ

夕陽は　今　どこにあるのだろう
昼でも夜でもない
真空空間のような白い夜
私は湯に浸されたセーターのように
浮遊する
モンゴルの日常に洗われて

西の空では　とき色の雲が
薄くゆるやかに　たなびきながら
扇型に広がっている

砂丘の起源

「あっ　しんきろう」「何処　何処」
「あっち」「ほらほら　あそこ」
地平線の彼方　左から右へ
ゆらゆらと　大河が流れていく
四方　見える限り　点々と生えた
砂なつめばかりが続く

古代の湖や川に起源をもつという
砂丘をめざすマイクロバス
道はあるのだが　草原をも走る

バウンドしたり　エンストを起こしたり
車が止まると　運転手は
前方に回り　エンジンを手動で回す
規則正しい小さな回転音に
私たちは力いっぱい拍手をした

辿りついた目の前に
百メートルを超える金色の砂丘
バスを降りると　砂に洗われたように
白く乾いた砂なつめが
箒草の形で　半身　砂に埋もれていた

ふた瘤ラクダが二頭
膝を折って　こっちを見ている
　私たちを待っていたのね
一足踏み出すと　砂が足先を捉え

引き込む　めまいのように体がゆれた

栗毛の馬

艶やかな栗色の胴体
白いたて髪　白い尾
革で作った六センチの馬が
私の机の上にいる

一九九九年末　モンゴルを
ブリザードのような天候がおそった

零下四十度の大地
横たわる栗毛の馬
睫毛は白く凍てついている
眼球に氷雪が突き刺さる

雪が殴りかかり　降り積もって　白い馬の形
草原は青雪に覆われ　雪煙が渦巻く

初めて乗ったラクダ
リスのように素早く
地面の穴に出入りする鳴きウサギ
私の目の前を走り抜けた野生の馬たち
ヤク　牛の一群
自然の中で自由に生きることは
命を自然に預けることだ

南ゴビの土産用ゲルにいた私の馬は
縦長に描かれた細い目
顎をひいたポーズ
緑と黄のラインで縁取りをした鞍を乗せて
今にも走り出しそうだ　雪原を
トナカイのように

馬に乗った少年

車が造った道を
砂漠から宿泊用ゲルに向かって帰る途中
ひとかたまりのゲルの間を通った
そこで　バスが臨時停車
いつの間にか　子供たちが集まってきた
三歳から六歳くらい　少しはにかみながら

草原の彼方から
馬に乗った少年も走ってきた
五メートルもある竹竿のような棒を
持って　二人三人と増える
全力疾走　急ブレーキ
自分の足のように馬を操る

ほっそりとした肩に
あどけなさを残しながらも　仕事を
一人前にこなしている男の顔

十年後には
私達が女の子に見まちがえた
髪を三つ編みにした瞳の大きな男の子も
馬と一体になって
自在に走り回っているだろう
たばこをふかしているかも知れない

詩集『シルクロード詩篇』(二〇〇七年)抄

一、火焔山

交河故城

二本の川が交わるところ
川の流れが岩を削り
高さ三十メートルもの
垂直に切り立った崖を造った
どこからも攻め込まれない船型の要塞
かつて栄えた黄土の城は
今　熱風にさらされ崩れ朽ち果てていた

故城の入り口近くにあった
数株のラクダ草と
ひと株の砂漠のスイカ以外に
命の気配はない
濃い赤紫のエンドウ豆みたいな
ラクダ草の花は目をこらさなければ
見逃してしまう

ほぼ垂直な岩に隠れて
空中で途切れたままの階段が五　六段
千数百年前人々が踏みしめた岩だ
かつては川だったところ
ポプラに囲まれた畑に向かっている

時間に削られ　丸みを帯び
地面に届かない階段を
風が黄土を巻き上げて駆け下りていった

砂漠のスイカ

気温は四十度を超えているだろう
焼けた砂に埋もれる靴底は
五十度を超えているかもしれない
足の裏から靴の形で
熱気がはい上がってくる

その砂地に張り付いているスイカの蔓
日差しを遮るものはない
一メートル四方に伸びをして
暑さを楽しんでいるようだ
親指の爪ほどの肉厚の葉は
光の影をくっきりと砂に映して艶やかだ

純白の花びらの中心から
針金のような反り返った雄しべが
二十数本　花びらよりも長い
実を結んだ雌しべは
蛇の鎌首のように膨らんでいる

黄土高原の乾いた大地
核家族のような砂漠のスイカ
わずかな水もかすかな風も逃さずに受粉
一センチほどのラグビーボールのような実
数本の筋模様が
　私はスイカよ
と叫んでいる

高昌故城

滅びた後千三百年を経た高昌故城
日干し煉瓦で作られた城壁
その名残りの土の塔が広大な敷地に
途切れとぎれに点在する
風化し丸みを帯びて

黄土高原の四十度以上の熱射に耐えて
故城跡を一周するには
ロバ車を利用しなければ
無事に帰って来られないだろう

限られたロバ車の数
帰ってくるロバ車めがけて
これから出発しようとする客が殺到する
ロバ車を奪い合い　客を奪い合う

地上を焦がす太陽の光
時折　熱風に巻き上げられる
黄土とロバの糞が
微粒子となって旅人を襲う

玄奘三蔵が説法をしたという
ドームの屋根は崩れ
頭上の太陽が容赦なく私たちを焼く
ドーム内の空気は動かない
私は日傘をたたみ瞼を閉じて
玄奘の胸に身体をあずけた

故城の日本語学校

　五枚五十元
高昌故城の焼け付く太陽の下
手刺繡のバッグを売りさばく少女たち
十歳前後のあどけなさ
何度か断ると商売は二の次のように
さばさばと明るく話しかけてくる

帰りのロバ車を心配する私たちに
　〇〇号車のお客さん！　馬車がきました
見事な発音の日本語での案内

ロバが引く荷車に乗った私たちに
　またきてね　バイバイ

屈託のない笑顔で見送りの手を振る

日本人観光客が日本語の先生だという
観光客と交流すること
言葉を交わすことが
彼女らの未来を開くようだ

焼けつく太陽の下
黄土にまみれ
直射日光を弾き返すウイグルの少女たち
その瞳は私たちが失ったものを宿していた

火焰山

赤銅色の胸板がそそり立つ
　じりじりと胸を焦がす

あなたのためにこんなにも
億年の熱風にさらされて
固く固く閉ざされた心
赤茶けた山肌は蓄積された忍耐だろうか

ゆらゆらゆれる山襞は
姿を見せずに燃える炎の影
　私のことばが届かない
　あなたの声が聞こえない

雨さえはじく岩肌に
いつしか無数のしずくの跡
　まぶたを閉じる
あなたがゆっくりと立ち上がり
　向こうへ歩いていく

岩は砕かれ砂に変わる
砂は崩れて扇状に流れ出す
形を変えても共に流れていく命の行方
火焔山は億年の果てにも涙砂を流し
焼け焦げた胸板を陽にさらしているだろう

新疆博物館のミイラ

おくるみに包まれた赤ん坊
埋葬された当時の一張羅の衣服を
付けたままの幼子
ふさふさとした長い髪が
不自然なほどのボリュームを持って
胸元を飾っている女
「ローランの美女」と名付けられた
瞳を閉じた女
一つのケースに横たわる一組の夫婦

最近発掘されたミイラたちの多くは
ウルムチから遠く南下し
ゴビ砂漠のはずれに位置する
古代シルクロードの
チェルチェンを故郷にしているという

衣服をまとっているもの
ブーツを履いているもの
裸体のままのもの

裸体のものたちは一様に
腰を布で覆っている
遺伝子の授受　合わせて二万二千個で
新しい命の誕生を司る器官は
二千年を過ぎてなお生々しいのだと
案内人が説明する

みずみずしいのは私たちであって
ミイラではない
原始から衣服をまとって
生き続けてきた人間の黙示が
腰布なのかもしれない
それは二千年前の布のように
素肌にとけ込む色であった

アスターナ古墳の夫婦

新疆ウイグル自治区
砂漠の中の古墳群
自然が造ったミイラたちに会うために
地中へと続く階段を下りる
照りつける日差しから逃れると

ひんやりとした薄闇が
二千年の過去へと私たちを誘う

ガラスケースの中に横たわる男と女
残された妻が亡くなったとき
墓を掘り返し
夫の傍らに埋葬したのだという

互いに暖めあって過ごした
地上での生活は数十年
ぬくもりを感じることのできない闇の中で
二千年の時を超えた二人は
永遠の命を与えられた

再び陽の光を浴びて
密やかに見つめた後の世
仰臥した彼らの閉じたまぶたの裏には
あふれる涙が隠されているのかもしれない
無限に見つめられ続けていく
二つのいのち

二、碑林

シルクロードの蓮華

「興教寺」には蓮の花
直径五十センチほどの水瓶から
すらりと伸びた茎に
白と薄紅のぼかし
はらりと落ちそうな花びらと
ふくらみかけたつぼみと

この寺には石版に刻まれた玄奘三蔵がいて
それをモデルにした石像がある
背負子に仏典を載せて担ぎ
背負子からランプのような灯りを
顔の前に下げている
穏やかなまなざし

西方浄土に向かった
若い修行僧の行程は過酷だった
途中の火焔山の温度は八十度にも上がり
陽炎が立って山がゆらゆらと
炎を上げるように燃えるという
迷えば生きては帰れない

人は胸底からわき上がる思いに
逆らうことはできないのだ
蓮の花がゆれる　わたしは
わたしのシルクロードを探している

驟雨

側溝を流れる水の濁りと速さに
今しがたここを通り過ぎた嵐と雨を思う
涼やかな空気が私を柔らかく抱く

トウモロコシをなぎ倒し
玄奘三蔵をまつる興教寺を洗い
息を塞ぐような
熱気を追い払った驟雨

この寺の境内の片隅　ナツズイセンが
打たれたままの姿で立っている
地表から五十センチほど

茎だけを伸ばした　その先端の
薄紅に咲く花は傾きながら
花びらに水滴を残して

傾きかけた私を支えているのは誰？
稲妻と豪雨にすべてをさらして
打たれていた時
立ち続けるしかないと私に
教えてくれたのは誰？

時を経て　傾きかけた茎を
まっすぐに立て直すのも　この雨水
彼岸からの使者のように
語りかける花房

碑林

石碑に刻まれた文字
千年の彼方からやってきた
様々な文字の形
先人の練り上げた思考
極められた筆の運び
一千の碑を集めた碑林

台座が亀の背でそこに乗っているものがあった
私たちを見上げる亀の瞳
鼻先が黒光りしている
私もこっそりなでてみる
ひんやりとなめらかだ

ぱんぱんと碑をたたく音
若者が石碑に紙をあてがい
バレンで墨をたたき付けている
彫られた文字が白く浮き出る
一枚いちまい手作業の拓本

印刷の巧み技を繰り出す赤銅色の腕が
先人の心を石からすくい上げる
千年の時をさかのぼって
私たちの前に甦る文字の源流

書院街

別名古文化街とも言う
骨董品などを売っている店が
軒を連ねている

掛け軸　書　山水画　扇子　額縁
楽器　絵画　筆　硯
専門店のようなたたずまいだ

歩道部分には屋台のような出店
箱の上に板を渡しただけのもの
キャスター付きの移動可能なもの
パイプで組み立てた一畳ほどの広さ
それらの上に
オカリナに似た土笛　花瓶
玉付き携帯ストラップ風のお飾りなどが
ほこりまみれに並んでいる

出店のかたわらで
少年がバケツの水に太筆を浸し
三十センチ四方の敷石に
文字を書いている

書いた文字は乾いて消える
少年は再び書く　消える　書く
かつて私たちも道路に蠟石(ろうせき)で
文字や絵を書いた　やはり
書いては消し　消しては書いた

兵馬俑坑

西安の兵馬俑坑博物館では
敷地内の行く先々で
ニセアカシアの花が咲いていた
寒さと暑さが繰り返したのだろうか
さやエンドウのような果実の傍らでの狂い咲き
ドームのような館に入ると

兵馬を整然と整列させた修復後の坑
　埋葬時の姿だ
次に首がもげ足が折れた兵馬を
半ば土中に埋もれたまま展示している坑
　発掘時の姿
そして薄明かりの中に
修理専門の空間があった

最後の別棟は土産物専門店
見学者に椅子を勧め茶を振る舞う
兵馬俑坑の写真集を求めると
レジの隣に陣取った男が
にこりともせずにサインをしてくれた
彼こそが兵馬を
二千数百年の眠りから
目覚めさせた農民だという

彼が再び鍬を手にする日は来るのだろうか
指にはペンがなじんでいた
予期しなかっただろう後半生は
掘り出された兵馬のようだ

屋外に出るとニセアカシアの
花房が風にゆれていた

三、鳴沙山

玉門関

今ではなだらかな砂地に
日干し煉瓦を積み上げた
石の砦だけが残されている
どっしりと構えて私たちを引き寄せる

かつてはオアシスだったという
川の名残のような窪地に草が茂り
緑の帯が蛇行しながら
砂漠の中へと続いている

巨大建造物の前で
詩人たちの朗読会が始まった
ひとりの男*の詩への熱い思いが
私たちをこの地へ運んできた
彼の言葉が潮のように
ひたひたと胸に満ちて目頭に達する

乾いた大地の太陽は
情け容赦なく私たちを灼く
言葉を求める詩人たちは

さらに言葉を重ねる　歌も歌った
声は風に乗り　飛び立つ
もっと高く　もっと遠くへ

頭上の熱射を遮るものは何もない
オアシスを蒸発させた
熱い太陽光に灼かれながら
私たちは言葉の一つひとつを砂に記した

＊　詩人の秋谷豊

漠の長城

砂漠に二千年の時が流れた今
崩れかけて歪んだ長城が
途切れとぎれに続いている

紅柳*を敷き粘土で固めその上に
また紅柳を乗せ粘土で固める
繰り返し幾重にも重ねて
砂の上に築かれた長城

粘土部分は風に削り取られて
内側にくびれている
紅柳は葦のように干からびて色もなく
繊維だけが粘土に押しつぶされながら
長城を守っている
崩れて低くなったところに足をかけ
二千年前の世界を覗きに行く

高さ一・五メートルを登り切ると
幅は約一メートル
地平線まで続く砂漠を思えば

髪の毛にも満たない

人はいつから
地球を区切り始めたのだろう
いつまで　区切ろうとするのだろう
砂の上に線を引く
風がいつしか
それを消し去るだろう

＊　タマリスクともいう

ラクダを引く少年

鳴沙山の麓まで
踏み固められた一筋の道が続く
ラクダは道を踏み外さないように
一列になって進む

料金を払うと番号札を渡される
ラクダの飼い主はラクダの番号と
客の番号を合わせて乗せるのだ

少年の次に私の札を覗きに来た青年が
大声で少年を呼び戻した
十二歳位の少年は緊張した面持ちで
私に付いてこいと目で言い
立ったり座ったりしているラクダの間を
素早く歩いていく
私ははぐれないように
少年の腕をしっかり摑んだ

自分のラクダまで来ると引き綱を取って
乗れという身振り

ラクダにまたがると
鐙に足をやさしく入れてくれたが
手放しの私に気づくと
ラクダに取り付けた手すりをたたいて
厳しい表情でつかまれといさめる

鳴沙山に向かって
少年はスキップしながら引き綱を引く
振り返り私をちらっと見て微笑む
私も微笑み返す
「謝謝（シェシェ）」つぶやいた言葉は風に消えた

少年と私は
何度も何度も微笑み交わした
振り返る少年の瞳は喜びで溢れている
一人前の仕事師として

私は覚えたばかりの言葉を
繰り返していた
「謝謝」「謝謝」

ラクダ草

玉門関に向かって
見はるかす砂漠の中を
バスはまっすぐに進む
舗装された有料道路ができて
ラクダでの旅はここでは見られない

動物もいるというが
砂にまみれたラクダ草のほか
生物の気配は感じられない

ラクダ草の別名は宝の草
砂漠を旅するとき
なくてはならない大切な相棒のえさを
持たずに出発できるからだ

とげが生えているが
ラクダは好んで食べる
ちくちくした刺激が
好きなのかもしれないと
現地のガイドは笑いながら言う

三十センチほどの
箒草のような草の根元に
砂が盛り上がっている
根が砂を捕まえているのか

　地球の芯に向かって　根よ
　どこまで伸びているのだ
オアシスははるか彼方だ　けれど
この地も決して不毛ではないと
私たちに語りかける

飛天

シルクの薄物をまとい
なびかせ舞う　体を弓なりに反らせ
足は空に浮かび　飛ぶ天女
笛を吹き　琵琶を奏で

敦煌の楡林窟　莫高窟には
四千五百余体の飛天が
描かれているという

人は生きる糧を得るために
シルクロードを往来した
絹織物　玉石をラクダの背にくくり
命をかけて砂漠を旅した

飛天に描かれた人種は多彩だ
仏像のようにふっくらとした面立ち
男性と見まがうたくましさ
鼻の高いぱっちりとした大きな目
黒い肌　灰色の肌

壁画が描かれる以前　はるかな昔
人々は流れる水のように混じり合って
生きていく世界を思い描いていた

シルクを羽に天をかける女たち
舞い歌い奏でる喜び　生きる喜び
天空に人種はあるけれど　国境はない

鳴沙山

砂が鳴るという山
その音を聞きたいと耳を澄ます

砂丘には階段がつけられていた
楽に上れるように　五百段の板梯子
足下で砂が流れる　風の姿

軽々と踏み出した一歩　二十歩
百段を上って見上げれば
覆い被さるように続く砂山

戻りたい　戻りたくない　戻れない

砂嵐が起こる
　私の前にはいつも貴方が居て
けれど　砂に埋もれたように
今は探し出せない
　愛されていない　愛せない
　愛さなければならない
ふぶく砂嵐

たどり着いた頂上では
風が砂を巻きあげ　髪をさかだてる
噛みしめた奥歯で　きしむ粒子

二千年もの間　崩れていく砂を
風が運び上げ
その形を　整えてきた
砂の鳴る音が　幽かに聞こえる
くぐもったその音は　私の体を通りぬけ
新しい粒子へと伝わっていく

月牙泉

鳴沙山の麓にある三日月の形をした泉
二千年の間涸れることなく
水が溢れているという月牙泉

砂山の頂上から眺めると
小首をかしげて
正座をしている娘のようだ
空を映してほのかな光を放っている

　夕闇が迫り
　急速に暗くなる砂漠

やがてあたりを朱に染めて
背後から光の矢が走る
夜明けだ

太陽がすべてを照らし出す
砂山の向こうに砂山
その向こうにも山　山　山
麓にあったはずのあの泉が見えない

午後八時
ほんとうの夕闇が迫ってきた
現地ガイドの声が耳の奥でひびく
二十年前に比べて
泉は小さくなりました
鏡のような水面が小さくひっそりと
私を見上げている
山頂では砂嵐が激しさを増した

敦煌の月

敦煌の夕暮れは遅い
太陽が鳴沙山の端に隠れたのは
午後九時を回ってからだ

砂山に背を向けてホテルへ向かう
前を行く人の背が
闇にとけ込もうとしている
白くおぼろな空気の中を
私は漂うように歩いていた

振り返れば　たった今
登ってきた砂山の稜線が
闇の底へ沈もうとしている

山頂での砂嵐は
激しさを増しているだろうか
首筋も足首も袖口さえも
容赦なくおそわれて
私の身体は砂にまみれた

ひとはつむじ風のような
小さな砂嵐にさえ
耐えられない時がある

影絵のような山脈の上空に月が出ている
透きとおるように薄い
紗幕の向こう側で
出番を待つ役者のように
ひっそりと
この時を待っていたのだろうか

夜光杯

祁連山(キレンザン)の石で造られた夜光杯
白　黒　黄色そして深い暗緑色
石を研磨して月の光を通すほど薄くする
注いだ酒を透かして光がゆれる

私たちが敦煌の工房で見たのは
暗緑色の地に黒いまだら模様が付いていた
出来上がった二つの杯をそっと当てると
金属のような澄んだ音を立てた

石で器を作る
なんと大きな決意だろう
石を削ることはいのちを削ることだ

はじめは灰色の石の塊
荒削りをしてワイングラスの形が見えてくる
くり抜いて内側も外側も研磨する
薄ければ薄いほど高級品だという

わたしはわたしを削る
わたしがわたしであるために
いつか　透き通った金属音が
ひびく日が来るだろうか
並べられた夜光杯の向こうは薄曇り
紗幕に包まれて
くぐもった光の中

オアシスのポプラ

垂直に天を切り裂き
オアシスを区切っているのは
まっすぐなポプラ

砂漠とオアシスの間に立って
砂嵐をさえぎり
シルクロードに向かう旅人に
ひと時の安らぎと明日への活力を
ラクダに木陰を与え続けてきた

敦煌の絨毯工場では
完成した品物が
壁に垂直に下げられていた

細い絹糸で絨毯を織る娘
色鮮やかな飛天柄の中に
自らを織り込む
十数時間も座り続け
織り続けて
給料はガイドの二分の一

若い娘でなければ勤まらないという
あのポプラのように
まっすぐに生きているのだ
天空を独り占めにはしていないが

四、ポプラ並木の村

白いピリオド

天山山脈の峰々に囲まれた天池は
海抜一九八〇メートル
ひんやりと肌に触れる空気
周囲の幾重にも連なる山並みの一番奥に
分厚い冠雪を戴く
六千メートル級のボゴダ峰

氷河湖を囲む山々は草木に覆われ
その緑に白いピリオドが点在する
白い絵の具を落としたように
遠目にはまるで動かない羊の群れ

湖を見下ろす丘の上で
中国と日本の詩人たちが
交互に詩の朗読をする
私は「クレバスに消えた女性隊員」*を
Aさんと朗読した

第九回アジア詩人会議
シルクロード二〇〇四
朗読会はこの会議の一つのピリオド
山男のことばが風に乗って水面を渡る
ボゴダ峰に運ばれただろうか
クレバスに眠る魂に

＊　秋谷豊の詩

カレーズ

砂利がごろごろと転がる砂漠に井戸を掘る
粘土質の地質に到達するまで
そこには　天山山脈の雪解け水が
地下水脈となって流れている

数メートルあるいは数十メートル
離れた位置に　また井戸を掘る
砂漠の井戸は崩れて埋まる
絶えず見回って掘り返すという

何本もの井戸と井戸を
地下でつなぎ水路を造る
この地下水路がトルファンの血管

ウイグル族も旅人もラクダもロバも
犬も羊もポプラもブドウも百日草も
カレーズに命を支えられている

私の身体を巡る血管も外からは見えない
見えないところで
私の哀しいこともうれしいことも
ひっそりと受け止め
一日いちにち私を甦らせてくれる

現地で買った五百ミリリットルの
ペットボトルに詰められた雪解け水
火焔山の麓を伝い
地下水路をくぐり抜けてここにある
口に含むとひんやりと舌を潤し
私の細胞に染み渡っていく

ブドウ棚のある歩道

トルファンにて

ホテルの前に「青年路」と
名付けられた通りがあった
頭上にブドウ棚が張り巡らされ
大理石の敷石が
視界の限りに続いている
朝食後　私は娘と青年路を歩いた
散歩の人影はまばら
朝日はブドウ棚に遮られ
私たちにまぶしい光は届かない

幅十メートル　歩行者天国のような
道路の天井は実りの季節

若緑や黄色く色づいたブドウの房々が
びっしりと下がり　パステルで描かれた
絵画の中に迷い込んだようだ

両腕を広げたくらいのモップを
ゆっくりと押して
男がひとり
敷き石の黄砂を拭き取っていく

熟れていくブドウは
描かれたもののように
誰にも触れられず食されもしない
手の届かない高さで
完熟しきった果実がくずおれていくのだ
強い日差しを遮り
旅人を楽しませるためのブドウ
甘い果実に群がる
蜂の羽音が幽かに聞こえる

ウイグルの踊り

ブドウ棚の下　男も女も
赤や黄色の色鮮やかな衣裳の踊り子たち
音楽や歌に合わせて
ドラマ仕立ての踊りを見せる

ロングドレスの女性の髪は三つ編み
全員が同じ太さ同じ長さの髪型
五本か六本か腰よりもずっと下
ふくらはぎまで届く
編みっ放しの毛先が解ける
手早く編み込みながらリズムを合わせる

男性は動物の仕草を取り入れたり
太い眉を巧みに動かしたり
表情豊かにコミカルに踊って
客を舞台に引き込む

開放的で人なつっこい踊りが
終盤に近づくと　踊り子たちは
前列の観客の手を引く
花柄のワンピースが　Tシャツが
ハイヒールが　運動靴が
次々と踊りに加わる

ステップを踏みながらリードする瞳に操られ
踊り子以上に動物になりきり
体を反らせて踊る観客
上気して潤んだまなざしは
ブドウ園を追われたウイグル族の
哀しいステップを知っているのだろうか

カシュガルのバザール

でこぼこの歩道に
乱雑だが隙間なく並べられた屋台
細い路地も占領して
日用雑貨や食料品などが並べられている
その合間を縫って　買い物客たちは
押し合いへし合い

洗面器のようなアルミの鍋に
動物の肺　肝臓　腸などを金串で刺して
あふれるほどに盛っている
内臓の間には香味野菜か

わずかに青菜が見える
ウイグル族の好物だというこれらの内臓は
一抱えもあるごついガスコンロに
掛けられていた

地平線まで見渡せる
広大な国の一部なのだが
カシュガルのバザールは
商品を探す気力も失せるほど
人であふれていた
リュックは背中に背負わず
胸に掛け両手でしっかり抱きかかえる
　荷物にご注意を
現地ガイドが振り返りながら
手をメガホンにして叫んでいる

あの内臓が入っていた動物の肉は
今頃どこで誰のために
どのように調理されているのだろう

詩集『最後まで耳は聞こえる』（二〇〇九年）抄

序詩　初雪の舞う

ことばをください
しつけをかけたままの
きっちりと　たたまれた
着物のようなことばを

私はゆっくりと
たとう紙*を解いて　しつけを
丁寧にはずします

初めて袖を通す着物のように
真新しいあなたのことばを
羽織るでしょう

落雷　私を貫いていく
愛に満ちたことば

身動きもできずに立ちすくんで
ただ　あなたのことだけを
思うでしょう

どうぞ私に　ことばをください
鍵をかけるように
ことばにしつけをかけて

初雪が　風花のように
舞う　この夜に

＊　和服をしまうための折目をつけた包み紙

一章

母の我慢

　苦しいところはなさそうですね
看護師はまぶたを閉じた母の
身体をさすりながら
荒い呼吸の耳元に語りかける
　娘さんが来てますよ　幸せですね
　最後まで耳は聞こえるんですよ
すーっと平坦になった脈拍が
力を振り絞るように再び波形をかたち作る
そのたびにナースセンターで
緊急を知らせるブザーがけたたましくなる
けれど誰も何事もないように仕事をしている
大正生まれの我慢が終わろうとしている

深夜病院から家に戻り
自分の布団に横たわった母
手足は何時間も前から冷え切っていたのに
額はまだ温かい
　看護師さんの最後のことばが
額の中でこだましているの？
別れの儀式が始まろうとしている
紙人形のように薄くなった母が
うすむらさきの経帷子を着ている

紅をさした面立ちは
遠い昔に旅だった祖母に似ている
額にそっと触れると驚くほど冷たい

　もう渡し船に乗ってしまったのね

スカーフ

まもなく二十歳の誕生日を迎える正月
実家に帰った私は
母の胸元を飾っている
桜色のスカーフがとても気に入って

　そのスカーフ　あたしにちょうだい

四十代だった母は何も言わずに手渡してくれた

何かの記念の品だったか
自分で買ったものか
いただいたものか
気に入りの品だったことは確かだ

あたたかな色合い
絹の柔らかさと光沢が好きで長い間使ったけれど
隅がほつれて使えなくなってから
どう処分したのか思い出せない

形見の赤紫の帯締め
色の好みが似ていることに気づいたのは
母が旅立ってから
三十代で未亡人になった女から
娘は桜吹雪を取り上げてしまった

ホネの音

　母のホネの内側はうっすらと色付いていた
すべてを天に送り出した後
空洞になってひっそりとうずくまり
ふたりで持ち上げる箸から
崩れ落ちそうなほどスカスカだ

私を切り裂いて
私たちを切り裂いて
それでいて私たちを結びつける
逃れられない命の流れの数珠の糸

　ナガイキシスギタヨ
車いすに座り　うつむき加減の視線は
　橋の向こうを見つめていた
　コンナニナッテシマッテ……
車いすを小さくたたく細い指

たったひとりで
渡らなければならない橋
命の掟に従おうとする決意に
金縛りにされて
私は無言の別れを胸の奥に沈めた

耳の奥でかすかな音が鳴り止まない
　痛みをこらえ歯を噛みしめる
誰にも告げられない思いを飲み下す鈍い響き

空洞のホネが擦れ合う
風に吹かれて

誰の耳にも届かない

宿題

初産後　初めて我が子を見つめたとき
冬の稲妻の閃光の中に
生まれたばかりの母の姿が現れた
五十年前　母はこの子のように
艶やかで柔らかい皮膚をしていた

半世紀が過ぎて
額も目尻も口角も
日に焼けて深いしわが刻まれた
血管が浮き出た腕は
日々の力仕事が偲ばれる

私は二十七年前
このように母から送り出されてきた
生命のサイクルの不思議に
答をもらって
安堵して息子を抱いた

　女は三界に家無し
　女は我慢

入院先の看護師に言ったという
大正生まれの母
口を閉ざしたまま　ひとり
トンネルをくぐってしまった

私は残された宿題の
解答を探しあぐねている

龍神

涙を流せる人がうらやましい
涙が出ないんだよ

ふと漏らした母のつぶやき

角隠しと羽織袴
二十二歳の母と三十一歳の父
二人は強いまなざしでレンズを見つめている
母のふっくらとした頬

四人の子を授かったあと
父が四十七歳で癌にたおれた
そのころから

三十代の母は生きるすべてを
ひとりで決めてきた

いつからか胸の奥にできた空洞
ひそかに龍が住みつき風雨を起こす
母の骨はきしみ頬がこけた

小半世紀が流れ
龍は住まいを代えた

母との別れの日
読経にも　たなびく煙にも
思い出話にも
私のまぶたは乾いたまま

母の抜けたくぼみだけが満ちあふれ
龍神がしぶきを上げて暴れ回る

赤い星

母よ　母よ
どこにいるのですか
私を呼ぶあなたの声が聞こえるのに
そばに行く道が見つからないのです

まぶたを閉じて身動きもせずに
横たわっているのでしょうか
乾いたまぶたの奥から
何を見ているのでしょう

最後に交わした言葉

　何か用事？

　特に用事はないんだけど
　赤い目覚まし時計がいるんだよ

覚悟を決めて
深い眠りに落ちようとする　いま
目覚まし時計を欲しがるなんて
どこで目覚めようというのでしょう
たとえ　そこが
一万光年の彼方にまたたく
赤い星であっても
傍らで眠る私も　きっと
起こしてください

目覚めた　その時に
共に流せなかった私たちの涙を
たくさん流しましょう

満開

風もなく穏やかな日差しの中
玉蔵院のしだれ桜は一角を明るく染めていた
日陰の枝先では色づいたつぼみが
はじけそうにふくらんでいる
掃き清められた石庭の隅に活けられた菜の花
花びらひとひら落ちていない

四月三日午後四時ごろ

こんなに満開の桜をみていると
恥ずかしいからもう帰りましょう

いしはらさんが笑いながら言う

満開の桜はどうして恥ずかしいのですか

満開は何事　恥ずかしいですよ
人間だってそうでしょう

私の満開は花吹雪
幽かな風にも宙を舞い
ひとひらふたひら
わたしの髪に降りかかる
やがて散り敷いて
石庭を淡く染めあげる

今日の桜はまだ七分咲でしょう

イヤ満開でしょう　満開ですよ

見知らぬ男が聞きとがめて
怒ったように言う

そうですね　満開ですね

なだめるように相づちをうちながら
地面を淡く染め上げる花びらを夢想する

桜に酔って交わす会話は
しだれ桜の枝先でゆれている
それぞれの満開を胸に
花びらを口に含むと
香りも味もなく淡雪のように
消えた

二章

虎跳峡（コチョウキョウ）の郵便局

玉龍雪山と哈巴（ハバ）雪山との峡谷
高低差三七九〇メートルの虎跳峡
激流へと下りる五百段の階段の入り口に
ＣＤ　絵はがきなど土産物を売っている三坪ほど
の建物があった

窓際に木製の机といす
昭和二十年代の日本で
小学校のセンセイが使用していたものに似ている
机の上には郵便受けのように小さな

くすんだエンジ色のポスト
傍らに数枚の絵はがきが
切手を貼られて重なっていた

やっと巡り合えた郵便局
早速　絵はがきを買って
留守宅に宛ててたよりを書いた
切手代を渡し
貼ってくれるようにくどくどとお願いしたが
店番兼郵便局員は日本語を解さないらしい
ポンとスタンプを押して
机上のポストに入れてしまった

半ばあきらめての帰国後
三週間が過ぎて絵はがきは届いた
少数民族の無口な男のぬくもり
東へ東へと海を渡ってきた
支払った金額の切手を貼られて
標高一八〇〇メートルの渓谷から

麗江古城の狛犬

にわか狛犬研究家になって
昆明・麗江・シャングリラと狛犬を訪ねた
銀行やホテルの入り口に座っている獅子
形は似ているが呼吸をしていない

玉龍雪山の麓
海抜二四〇〇メートル
麗江盆地のほぼ中央に位置する麗江古城
すり減って滑りやすい敷石道の
下り勾配をつま先立ちで下がっていく

並んだ土産店の一角
〈藍月谷客機〉の看板を掲げた建物の入り口で一
　対の狛犬
身をよじらせ　首をかしげ
〈あ〉〈うん〉の表情でこっちを見ている
八百年の歴史の街で出会った七十センチほどの手
　彫り

瞳の奥に宿る石工のまなざし
氷河の水で研いだノミを石に当て小槌でたたいて
　いる
日本の狛犬たちを彫った石工のまなざしが
指紋あわせのフィルムのように私の中で重なる

一打ごとに脈打ち始める鼓動

松賛林寺の修行僧

シャングリラの町を見下ろして
丘の頂上に建つ松賛林寺
チベット仏教のダライラマ五世が
建てたという寺院

午後の陽射しを浴びて
反り返った屋根が金色に浮かび上がる
丘の斜面に屋根を重ねて住宅が建つ
五百人とも八百人ともいわれている修行僧の住ま
　いだ

階段を上って寺院にたどり着くと
寺院の前の広場では

十代から二十代と思われる修行僧たちが
二　三人一組になって
賑やかに声を掛け合っていた

問答でもしているのか
観光客に囲まれながらも
独自の世界の中で生きている
肩から掛けたり
スカートのように腰に巻いている
えんじ色の僧衣は
わずかずつ色の違いがある

帰り道
夕暮れに包まれた急な階段を
白いあごひげを蓄えた僧が
杖をついて登ってきた
すぐ後ろにほっそりとした少年僧が
支えるように従っている

納怕(ナパ)海のトンボ*

私たちが訪れた八月末は雨季
詩の朗読会場に予定した場所は水に沈み
一面の海になっていた
見渡す限りの草原が
大海となって足下まで波が打ち寄せる
水底で藻のようにゆれる草

酸素ボンベを持って
標高三七〇〇メートルの植物園に移動
地にへばりつくエーデルワイス
緋色のひなげしの花は一センチ足らず
なだらかな斜面を数十メートル登るのに

何度休憩をしただろう

トンボがゆっくり飛んできて
D教授の指先に止まった
教授は少年のように笑って
止まらせたままポーズをとる
赤い尾を伸ばし翼を休ませるトンボ
高地で飛び回るには　時々
羽やすめが必要なのかもしれない

この植物園の頂上に建つ
建物の屋上を朗読会場にした
それぞれの日本語が
トンボの羽に乗って
大気圏を自在に飛び立っていく

＊　雲南省シャングリラの高山湿地帯　草原だが、夏の終わりからの雨季には千ヘクタールもの湖になる

窓から手を振って

十一歳まで日本にいたのです
高貞愛さんは堪能な日本語で話しかけてくれた
私の五十数年前の記憶に灯りがともった

昭和二十年代後半
私の小学校でも韓半島へ帰った人がいた
お別れの会があって
駅まで見送りに行った気もするが
バスで出発したのかもしれない
窓から身を乗り出して
希望に燃えた笑顔で手を振っていた

しばらくの間
〇〇の〇〇さんは
　自分の国に帰ったんだって
などと噂し合った

私よりもいくつか上で
手を引いて登校してくれた彼女は
韓国へ渡ったのか
北朝鮮に渡ったのか

日韓詩の交流三十五周年記念で
高貞愛さんの詩を日本語で朗読した

　ありがとう　大満足です

そう言って私の手を握ってくれた
柔らかく温かな手

半世紀前に別れた友は
日本語を覚えているだろうか
二つの言葉を駆使することがあるのだろうか
もっと遠いところに旅だったろうか

　三章　朗読のために

詩の源流へ

壇上に上がり　ひと呼吸おいて
腹式で息を吸い　タイトルを声に出す

「源流へ」
客席に渡っていく声を確かめると
波が引くように緊張が解けていく

冒頭　現代から千年の時間を一気にさかのぼる
時空を超えて　私は多摩川の河原
大小のたま石を踏みしめている

歌えない若者と
小河内ダムのほとりにたたずんでいるのは
詩人新川和江
語り合うのは
水の来歴　働きと形状　人との関わり

静まりかえった水面を後にして
多摩川の源流を目指して丹波川へ向かう
異国の青年が〈タバガワ〉と発音した

少し　たどたどしく
（最初に名付けてそう呼んだ
大昔の奥多摩人のように）

私はこのフレーズで立ち止まる
朗読を先へ進めることができない
詩の源がわき水のように胸にあふれ
涙となって私の声をせき止める

結晶することば

霏霏（ヒヒ）と降り積む雪のように*
声に出すと
堅く透き通った六角形のことばの結晶が
降り積んで　降り積んで私をすっぽり覆う

ことばは空気に触れると
嘘に変わる
結晶が溶けてしまうから

詩人のことばを手のひらに受けじっと見つめると
髪が逆立ち
立ち続けることができない
ことばに向き合うまなざしに射すくめられ
ブリザードに閉じ込められて

　霏霏と降り積む雪のように
朗読するたび私を覆い尽くす詩人のことば
私のおびえる背中を押して
ことばの海へと押し出す

沖へ沖へとうねる波に運ばれて
果てのない世界にこぎ出す私

万年雪のことばの結晶を求めて

＊　中村稔の詩

ノンちゃん雲に乗る

朗読ボランティアを始めて二十数年

視覚障がい者のための朗読は
感情を抑えて正確に読むこと
けれど　石井桃子作「ノンちゃん雲に乗る」を吹
　き込んでいると
いつの間にか声が
ノンちゃんになったり　おじいさんになったり

　百年の時間が流れ

私はもう雲の上の住人
この本をリクエストした子も
雲の上で生活している
闇の世界から解放されて
自由に飛び回っているから
テープ図書はもう聞かない

私が吹き込んだテープを聞いているのは
百年後の八歳の少女
まぶたは開いているけれど瞳には何も映らない
ヘッドホンから流れる物語が
少女を雲の上に連れて行く

テープ図書は永久保存
「ノンちゃん雲に乗る」はこの先
何人の少女を雲の上に案内するだろう
ノンちゃんになったり
おじいさんになったりしている私の声

線香花火

卒業公演以来
四十年目に実現した共演
場所はイノセントギャラリー「寧」
扉の内側は四十人ほどで満席
暖炉の前の空間が私たちの舞台

芝居の扉の奥をもう少し知りたかった私
目的の養成所に入る前の
小手調べで入学したという勢津子さん
私たちが共に学んだのは夜間で六か月間
代々木駅の近くの俳優学校
第五十八期生

卒業後　勢津子さんは
希望の劇団で活躍し母にもなった
私は三人の子を育てながら
地元の劇団で公演を重ねてきた

話し上手な彼女と口べたな私
誘われるままに実現した共演は
お互いの不足を補って丸く進んだ
日常の活動を互いに知らないままに

青春時代の炎を消すことなく燃やし続けて
今　線香花火のように私たちははじけた

詩集『記憶の海』（二〇一六年）抄

Ⅰ

芝居見物

わたしは三十九歳
七歳の子を残して旅立つ　癌末期患者の役

見舞いに来た夫と　二人のシーン

舞台には　黒い紗幕
その奥のベッドにもたれているわたし
夫は紗幕の前で
わたしに背を向け　スポットの中

客席に向かって立っている
舞台の両袖にはスタンドライトが　二本ずつ
劇場の闇の中に　浮かんでいるのは二人だけ

シンとした客席　わたしの目に映るのは
紗幕とスポットの中の夫
けれど　無数の瞳がわたしを　射貫いている

私のいい人　たった一人の恋人
一番一番　愛してる人
十分幸せだった
人に与えられた時間は　平等ではないのよね
でも　それを誰にも抗議できないのよね*

架空の　時間と空間の中で
役がわたしの体を操って　呼吸をしている
幽体離脱したわたしは
舞台の天井より　もっと高いところで
芝居の神様が仕込んだ
酒を飲んで　見物している
ほ　ろ　酔　い

＊　金剛寺照五郎作「こんな情けねえ男だけんど」より

時々晴れ　のち曇り　のちどしゃ降り

役者稼業
とうとう回ってきた認知症の役
セリフは同じ言葉の繰り返しだから
覚えるのは簡単
役づくりに悩むことはまるでない

機敏な反応は不要

舞台で口を開けてボーッとしていると
あ　く　び
これは　演じていると言えるのか
？　？　？　オーケー？

晴れのち曇り　時々晴れ　のち曇り

心をなくした言葉は
客の頭上を漂って　舞い落ちる
客の心に　届いているのか　いないのか
認知症役は　観客を前にして
初めて気づくことばかり
セリフ覚えの楽さに
反比例して　役者魂の空虚

気づいたとたん　透明になる
空中を漂いながら　着地点が見つからない

全身脱力
焦点の定まらない　まなざしの
役者のふりした　おまえは誰

晴れのち曇り　時々晴れ　のち曇り
ああどしゃ降り

真実は不明だけれど

突然に　眼の中に　光の点　ぽつり
点は　ちかちか揺れながら　棒になり
棒は揺れながら　面積を増やして　円を描き
やがて　球体になって　視界をふさぐ
瞼を閉じても　まな裏で揺れて

前触れのない来訪は

視界を奪い　行動の自由を奪い
二十分足らずで引き上げる

脳の血管が　痙攣している
あるいは　発熱していると眼科医　しかし
脳外科の診察は異常なし
真実は不明だ
どうやら　ストレスには関係がありそうだ
母が入院中は　毎日のように起きていた

内科医に尋ねると
　僕も　今朝　出ましたよ
　気温の寒暖が　激しいこの夏
　関係あるかもしれませんね

中島敦の小説の主人公も　パラオで
デング熱にかかったときに襲われている

気がつくと　もう半世紀以上
日常生活に　住み着いて　私とともに

一日に数回から　月に数回に減少
二十代の恐怖と不安は　すっかり消えて
瞼を閉じて横たわり　二十分
ひかりに　縛られて

偶然の

その夜は雪が降っていた
駅からの帰り道
右側にある家の二階の明かり　ふっと消えた
次の十字路を右折すると空地
しばらく草地が続く

街灯もない

方角が変わると
風に煽られ　吹雪で何も見えない
白いカプセルに　閉じ込められたよう
闇の中を小走りに　数十メートル進んだところで
突然　私を囲むカプセルを突き破って
黒い影が　飛びかかってきた

無言の塊に押し倒されて
私は　動くことも　逃げることさえ忘れて
声を限りに
　タ　ス　ケ　テ
影の両手が　口元に
首を左右に振り　叫び続ける私を　指が追いかけ
口の中まで
（ユビヲ　カミチギレバ　ヨカッタ）

影が　カプセルの外に消えて
口の中の血の臭いに　気がついた時
吹雪も　消え去っていた
あたりは　薄墨にけぶり　雪にまみれた傘が
仰向けにころがっている
一瞬であったか　長い時間であったか

手を下に滑らせ
喉をしめあげていたなら

II

開けたら　閉める

今日は月曜日　日暮れて
火　水　明けくれて
また月曜
もう月末
もう年末

こんなふうに
残り時間が消えていく
送信したばかりのメール
開き
読み返しては
相手を傷つけたことば　探している

メールの返事が　まだ来ない
留守電になっている
おどおどと　おびえて
周りの誰も彼もが　背中から指さし
ヒソヒソと　話している

こんなふうに
鬱々と

日々が過ぎる
それぞれの持ち時間は誰も知らない
だから　残り時間もわからない
生まれてから　その時に向かって

こんなふうに
開けたら　閉める
本箱　戸棚　押入れ　冷蔵庫　ドア　勝手口
生活

蝶が舞う

にこにこと
風呂敷を抱えて来た
たとう紙をほどくと
満開の梅の　まんまるな五弁の花びら
と
下から見上げた　羽を広げた蝶
が　交互に並んでいる
紺地の小紋

　華やかすぎて
　着て行くところがない
お礼の前の　とがったひとこと
四十数年が過ぎても　色あせない
ことば　足らず

娘のために　選んだ着物を届ける
高鳴りに
時を経て　いま　やっと思い至った
幼さ
あなたの前では　一度も袖を通さなかった
罪

たとう紙を　ほどくたびに

蝶が
わたしの胸に　舞い降りて

よう　似てるな

三宮駅　いとこのノボルと待ち合わせ
改札口を出ても　見つからない

　オバサンばっかり探してたから
見つからなかったよ
私たちが会うのは数十年ぶりか
姿　顔かたち　声
思考回路まで
叔父そっくりのノボルの声
ノボルの母のミツコ叔母は　父の妹
九十歳を超えても
神戸の小売商店で　魚を捌き刺身を造っている
今日は休み
住まいはマンションで　顔を合わせたとたん
私たちの父を懐かしんで
　よう　似てるな　カズオにそっくり

そこには　とうに亡くなった祖母がいた
つややかな皮膚を持ち　心臓の鼓動を響かせて
笑って話す

離れて過ごした　時間も　空間も埋めて
共通の遺伝子が　手を取りあう

共有の記憶は
一瞬に　深いところを溶かし
流れ出した液体が

私たちを　潤ませる

フミおばさんとグジャラッペ*

火事のニュースを見ると
　カミノケガ　チリチリニコゲテ……
東京大空襲のあと
疎開先に辿り着いたことを話しながら
顔をぐしゃぐしゃにして
鼻水をすすり上げる

飼っていた牛を売りに出したとき
家の後ろにあった
林の奥深くわけ入って
牛が哭いて
フミおばさんも声を上げて泣いて

わたしもこの林を
奥へ奥へ分け入ったことがあった
何で叱られたのか　記憶にないが
ただただ　叱られたことが　悔しくて
怖いことも忘れて
背中におへそを　おぶって

隣に住んでいた　泣きむしフミおばさん
子供の私に　茶を入れてくれて
夕飯をごちそうしてくれたり
ふかしたての芋を　手渡してくれたり

高校時代　試験で半日休みの時には　いつも
映画を観に　連れて行ってくれた

チイサイトキノトモコハ　グジャラッペ

わたしの産毛に
かみそりを当てながら　笑って言った

菊の花に埋もれたほほを　両手で包んだとき
あんまり冷たくて
わたしの中のグジャラッぺが　目を覚ました

なみだと鼻水でぐじゃぐじゃ

フミおばさんが　亡くなった歳が
近づいてきているのに
今でもわたしは　グジャラッぺと同居している

＊　栃木県真岡市方面の方言で　めちゃくちゃなこと

ことば

〈こはな〉が　はじめて
我が家にきたのは生後三か月
娘夫婦は　眠っている〈こはな〉をおいて
久しぶりの　外食を楽しんだ

〈こはな〉は一時間ほどで　目を覚まし
抱いても　揺すっても　声を嗄らして泣いていた
まだ　百日足らず
すでに母の腕の安らぎを知っていたとは
その時は　思いつかなかった

一つの球体から無数の分裂
勾玉へと　変身し　さらに分裂

初めての肺呼吸から七日目
初めての車の中では　ずっと無言
わたしは運転しながら　ひそかに声を求め
急ブレーキで　もれた
溜息のような声に　安堵したのだ

瞬く間に
ベビーサインで　食べたい物を催促
言葉はなくても　会話はできる

やがて　かか*の会話を
そっくりそのまま　オウム返しに繰り返し
秘密基地にため込んだ　ことば

そうして　二歳三か月
一挙に　それを使い始めた

＊　おかあさん

あらかまこうえん*

きょうは　あめがふっているよ

すなばで〈けいご〉とつくった
おやまとかわとうみ

さくらのきが　ぬれているよ
ふたりでつくった
すなの　おやまもかわもうみも
ぬれているよ
おやまにたてた　みどりのさくらの花
かわとうみでおよいでいた　このはの　さかな
いっしょにかたまって　ぬれているよ

みどりのお花を　見ながら　うたったね
　さいた　さいた……
みどりの花は　はっぱにとけて
さいているのに　気がつかないくらいだった

きょうは　はなびらがすっかりなくなって
はっぱだけが　おおきくなって
おそらもみえない　さくらの木

ここにはさくらの木が　三ぼんあって
さくらんぼのなる木が　二ほん
みどりいろの花がさく木が　一っぽん
すべりだいとすなばが　あるんだよね

あのときのさくらんぼ　みどりいろだったね
きょうは　おおきくて　あかいみが
すなばで　いっぱいぬれているよ

＊荒鎌公園

記憶の海

タマキ　三歳
泥遊びの後の手洗い
蛇口をひねって
両の手で　包んで洗う

ふわふわと
マシュマロの手
触れた瞬間に　思い出した
長男を出産したとき
生まれたばかりの母が　まぶたの裏に現われて

そのすべてが　ふわふわだったことを

記憶の海が　私を揺する
私自身の幼い日
ケイゴも
祖母も
父も
夫も
息子たちも
娘も
やわらかさが　次々と　よみがえった

私たちの生命を　守り育てた
最初の　やわらかい手

タマキへと続く　一筋の流れ
体の中の　海に運ばれて

私の知らない　記憶までを乗せて
私を貫いて　未来へと

ひとしずくを

流れはほそく　とぎれとぎれに
風ばかりがふきぬけて
川岸の裸木たちが　ひめいをあげる
冬の桜木は
うすずみの空に　さまよって

満たしてください
水琴窟に落ちる　ひとしずく
ちいさく　響きわたる　みずおと

やがて　春一番に

枝を　しならせながら
芽吹いたつぼみが　ゆるやかに　ほどけるまで
そそいでください
ちいさな　流れをつなぐ　ひとしずくを

未刊詩篇

渡る日

初めての入院見舞いの日に　永遠の別れの挨拶
—やりたいことはみんなやった
出会えたおかげで　いい人生だった
ありがとう

—こちらこそ　ありがとうございました

—交通事故だと
お礼も　さよならも　仲直りも　出来ないけど
病気はいいよ　お別れが言えるから
ベッドの上で　笑いながら　生臭坊主

それを限りに　此岸の交わりを絶ち
肉親とともに闘った　濃密時間
—たばこください
—一ミリだけよ
—五ミリにしてください
ゴホ　ゴホ　ゴホ

そうして　十か月
辺りはぼんやりとほの白い
川霧に覆われている
後ろの気配に　振りむいて
……さん
小走りに近づいて　胸に顔を埋めた
両のかいなが　やわらかく私の肩をつつむ

とうとう　その日が　来たのね
病に　残りの生を捧げ　喰い尽くされて
てのひらに収まる　額　つめたく堅い
胆汁色素に犯され　破壊された赤血球の
鉛色の皮膚だけが　頭蓋骨に張り付いて
カマキリみたいに　萎縮したほほ
鼻梁ばかりの　即身仏

まがいもの

夜遅く電話かけてごめんね
咳がひどくて　声がガラガラで
熱が高くて　苦しくて

仕事帰りに下痢しちゃってさぁ

トイレに寄ったんだけど　汚しちゃったんだよ
生まれて初めてだよ
ズボン洗濯したら
携帯も一緒に洗っちゃってさぁ
誰にも言わないでね　恥ずかしいから

首にしこりがあるんだよ
ネットで調べたら
痛みがないのは悪性腫瘍らしいんだ

あした病院に行くから
診察終わったら連絡するね
携帯の番号教えて
心配するから　誰にも言わないでね

高熱は扁桃腺炎　ストレスが原因なんだって
首のしこりも　そのせいなんだって

誰にもいえないんだけどね
つきあってる人が　妊娠しちゃってさぁ
旦那に　ばれちゃってさぁ
訴えられたら　会社は首
これから精密検査　受けに行く
銀行へ行ける？
弁護士の口座教えるから
振り込んでもらいたいんだ

誰にも言っちゃ駄目だよ

雀百まで

還暦　過ぎたミキ女史
少々　太くなったウエストで

立派な胸が　こぼれそうな胸元の
フラメンコドレスは　大量のバイヤス生地仕立て
フリフリ　フワフワ
長い付けまつげの　外国人みたいな顔で
舞台に登場

彼女の　踊りに合わせ
ギター　柔らかな歌声　手拍子　合いの手
なめらかに　ゆるやかに　ステップ
と
一瞬静止　のあと
太ももあらわに　激しくかかとで床を叩く
照明が　ブルーから　オレンジへ
指先がしなやかに波打ち　二十年のキャリアを誇る
義母を看取り　夫を見送り　踏みしめたステップ

舞台から降りてきて　顔を合わせると
ヘタクソ！　満身創痍のフラメンコ
豪快に笑い飛ばす

出会いは十代
ほっそりとしていたその頃の　二年間
来る日も　来る日も
ステップ　アンド　ステップ
モダンダンスに　発声練習

古希を迎えた　私
介護施設で　ボランティア
「愛染かつら」に「瞼の母」
昔取った杵柄　振り回し　冷や汗　かきかき
満身創痍の　紙芝居
この頃は　おまけに　脳トレ体操も

車いすの上からは
ラブの成就に　涙を流して　手拍子　拍手
だけど
ボランティアといいながら　一番楽しんでるのは
あ・た・し

あなたに見てもらって　うれしいよ
と　還暦

フラメンコに向かって
ミキ！　ミキ！　かっこいいよ～
と　古希

この世はにぎやか

コノミ　一か月検診

体重　出産時三一六四グラム
現在は四五〇〇グラム
　一日に　五〇グラム　以上増加
笑いかけてきたり　喃語(なんご)で話しかけてくる

かかは産後の肥立ち　思わしくなく
入浴許可は　まだ出ない
　二週間後くらいかな

慣れない授乳　裂けた乳首
痛さこらえて　二時間おきの
ツ　カ　レ　タ
ツ　カ　レ　タ
目の周りに　熊さんが住み着いた

たーたんは　コノミ抱いて
掃除機掛けて　ぎっくり腰

連日　整骨院通い
　お産とぎっくり腰と　どっちが痛い？

コハナと婆ちゃん　アイドルごっこ
踊る　おどる
新体操のリボンの技
鍵盤ハーモニカ
タンバリン　打ち鳴らし
腰を振ってはくるりと回り
両手あげて　決めポーズ
くまのプーさんお客さん

眠りかけた　コノミ
ドタドタ　ジャンジャンに
びくっと　両手両足つっぱって
ビックリポーズ
そ　の　ま　ま　再び　眠りに入る

おさきになんて……

川を渡る前に
私のところに寄ってくれたのね
その前　八か月も　船に乗ったまま
ゆらゆら　ゆれて　行ったり　戻ったり
ずっと　連絡待っていたのに　なしのつぶて

七月十七日
決めたのは誰ですか
その日　ムシノ　シラセ
が　私めがけて　降りてきて
　今日は　絶対　連絡　取ろうと

呼び出した後
　留守電入れて　メールを送って

翌日の十八日
八ちゃんからの呼び出し音に　声はずませて
　元気?…あたしはげんき

…僕は息子です
父は昨日…電話があった一時間後に…

ままごと　ベーゴマ　鬼ごっこ
小学校への通学路　奥州街道の大杉の根元で
ショウベン　カケラレタ
終業式の日　八ちゃんのパパが必ず見に来た
　私の通信簿

川を渡る途中　寄り道して
私に　声かけてくれたのね
　ともこ　おさきに…

一緒に　食事をする約束は
川の向こうまで…

ミイラの腰布

新疆博物館で出会ったミイラたち

おくるみに包まれた赤ん坊
埋葬された当時の
一張羅の衣服を付けたままの幼子

〈ローランの美女〉は　瞳を閉じて
胸元まで届く　ふさふさとした長い髪が

不自然なほどのボリュームだ

一つのケースに横たわる一組の夫婦

衣服をまとっているもの
ブーツを履いているもの
裸体のままのもの

裸体のものたちは一様に　腰を布で覆っている
遺伝子の授受　合わせて二万二千個で
新しい命の誕生を司る器官
二千年を過ぎてなお生々しい

ミイラたちの多くは
ウルムチから遠く南下し
ゴビ砂漠のはずれに位置する
古代シルクロードの　チェルチェンで発掘された

原始から衣服をまとって
生き続けてきた人間の黙示
腰布は　現代に連なる生命の源
無理矢理　目覚めさせられた彼らの
尊厳を守っている

二千年前からの衣服のように
素肌に　とけ込むベージュ色
閉じた瞼の隙間から　こちらを覗いている
ほほを微かに　ゆるませて

あの子

気がつくと
教室で　見つめあってた

そうして　お互いに大急ぎで
目をそらして　うつむいた

視線を感じて　そっちを見ると
あの子が　じーっとこっちを見ていた
いつの間にか　ぼーっと
あの子のほうを　見てしまう
気付かないうちに

二人は　言葉を交わしたことはない
けれど　学校で　映画会があったとき
暗幕を閉めて　まっ暗になった　講堂のなかで
右側に女の子　左側に男の子　が座ったとき
あの子とわたしは　隣どうしになった
二百人もいたのに

あの子は　右手のひらを
わたしの
伸ばした左の膝小僧の　あたりにのせた
わたしは　気がつかないふりをして
映画が　終わるまで
じっと　動かずにいた
温かかった

あれから
わたしは　ずっと　三日月
あの子は　ずっと　金星
時には　イヤリングみたいに
近づく

虎跳峡

玉龍雪山と哈巴（ハバ）雪山との峡谷

山頂から水面まで三千メートル以上
その幅三十メートルの激流
虎跳峡へと続く　五百段の急な石段は
うっそうと茂る自然林に覆われ
ジメジメと薄暗く　曲がりくねって
闇の底へ続く

　通りゃんせ　通りゃんせ
　ここは　どこの細道じゃ
　イキハヨイヨイ　カエリハコワイ

下りの時間と同じ時間では　とても帰れない
現地の男二人が
駕籠のような乗物を担いで近寄ってくる
人一人がやっと通れる　狭い急階段
裸足の足が　つるりと滑り
乗物に乗る方が　地獄行きなのだ

プヨ　プヨ（不用）
手を振って断っても
二人ひと組の男たちは
後ろについてくるハイエナ
力尽きて動けなくなるのを待っている

地鳴りのように響いてくる　岩をも砕く激流
水滴が霧のように　湧きあがり　立ち込め
樹木も　草花も　苔も　石段も
私たちも　男たちも　包みこんで

大地の奥深く潜むイカリ
近付く者を　呑みこむほどのエネルギーを秘めて

エッセイ

榕樹（がじゅまる）

詩を書き始めて十六年。詩の森は暗く、深く、私は入口でまごまごしている。足を踏み入れようにも、複雑な迷路に足がすくんでいる。今回の世界詩人会議も、世界の詩人たちの交流の場をかいま見ることができればと心に決め参加した。

中正空港から環亜大飯店に着いたのは、八月二十七日の夕刻、小休憩の後に歓迎パーティーがあった。四十一か国、約四百五十人が参加し、各所で握手をし、肩をたたき合い、写真を撮り再会を喜び合っている。私は只、圧倒されて傍観していた。

会議三日目に、マイクロバスで、名所見学に出かけた。交叉点では信号が赤なのにスイスイと走っている。事故を起こさなければ走っても良いのだという。また、車よりもバイクの方が普及している。バイクは一人か二人乗りがほとんどだが、中には運転手のお父さん、その前に子供一人、後ろに子供一人とお母さん、お母さんの背中に赤ちゃんと五人乗りまでいるという。駐車場購入は、車の購入費の二倍の八百万円もかかるのに対して駐車違反の罰金は格安なので、ほとんどが路上駐車だという。何処の店の前も歩道や路側帯はバイクと車であふれていた。日本と同じく四方を海で囲まれながら、なんと大陸的でおおらかな台湾なのだろう。

街路樹は白千層、榕樹、楠と異国情緒にあふれていた。漢字の看板は読めなくても心が感じとれる。案内者は、日本人を外国人とは感じない、兄弟のような感覚だと言っていたが、同じ漢字から発達した文化のなせる業なのだろうか。

孔子廟にはブーゲンビリアと榕樹の盆栽があった。盆栽は鎌倉時代後期、約一三〇〇年頃にその前身と思われるものがあり、日本で生まれ七百年の歴史をもつという。漢字が日本語の母体となったように、台湾に渡った盆栽も熱帯樹木の中でみごとに花を開いているのを感じた。

多くの初体験の中でも「笠」の同人たちとの交流会で、台湾の詩人のあたたかい心に直に触れたことが心に残っている。その席で、秋谷豊先生がおっしゃった「台湾で、初めて、アジアの詩人が出会い、人間の心を信じ合えたことが、今日の世界詩人会議の発展につながっている」との言葉も深く胸に残っている。

私はなぜ詩を書こうとするのだろう。答えはでない。足はまだすくんでいる。

幹から生えてぶら下がった根が、地面に付くと木が生えるというあの榕樹のように、私にも本当の詩が書ける日が来るのだろうか。

「地球」111号（一九九四年十二月）

「大きな旅」

NHKの番組「小さな旅」の試写は、地下鉄サリン事件の恐怖が覚めやらない四月二十五日、NHK放送センターで行われた。

JR宇都宮線に乗車するとすぐ網棚や座席の下に目がいってしまった。その後乗客の様子をそっと盗み見てしまう。同じ仕草の人がいて目が合ってしまい、気恥ずかしく目を伏せた。

原宿からNHKの間にある国立代々木競技場も門を閉じ警備員が立っている。

NHKでは秋谷豊先生が受付けをすると荷物のチェックも無く試写室へ案内された。

いつもの「小さな旅」とは趣が異なるハイビジョンのスペシャル番組。映画館のスクリーンのような大画面に公開録画の緊張感が広がる。加賀美、名取両アナウンサーのオープニングの第一声に画面のこちら側の私までが引きずられるように緊張した。

ゲストの詩人、登山家の秋谷豊さんと紹介され、先生が画面に登場した。

私がお会いする先生は、いつも「詩人秋谷豊」で、氷に蔽われたエベレストの氷壁を背に立っている先生の映像を見ても「登山家秋谷豊」は、私の中で結びつかない。だが、物静かでやさしい中に緻密で用意周到、強い意志、山頂から見下ろしているような広い視野、広い心は、生命を賭けた山登りで磨かれたものかも知れない。

ハイビジョン画面は表情の細かいところまでくっきり映し、音量も出演者の息遣いまで拾っている。屋外で数百人を対象に放映しても十分対応できるだろう。

秋谷先生の詩と山への旅、そしてもう一人のゲスト杉浦日向子さんの江戸時代への旅と、音楽、歌、映像で織り成す私の「大きな旅」は終わった。

帰り道、NHKホールの前を通ると、入場者の一人ひとりが手荷物のチェックを受けている。サリン恐怖が、また、私によみがえった。

「地球」113号（一九九五年九月）

山男とスイトピー

秋谷豊氏の「丸山薫賞を祝う会」が開かれたのは一九九六年一月二十七日午後、浦和駅近くの埼玉会館森永エンゼルルームでした。

会場はメインテーブルも各テーブルもスイトピーが飾られ、ピンク一色に染められていました。秋谷氏とピンクの組合わせがとても意外でしたが、新鮮でお祝いの会にぴったりでしたので大変嬉しく思いました。

当日は受賞詩集『時代の明け方』の中から「ランプ」「夕映えのとき」を朗読させていただきました。朗読のお話をいただいた日から、早速、声に出して読んでみました。最初は一行の長さも行空けも外して、私なりのリズムで読んでみます。繰り返し音読するうちに黙読では気付かなかった詩の心に近づいていきました。これは詩の心に近づくと同時に詩の心を私に引き寄せることにもなりました。ブレスや間合いや声の強弱などが、心の中から素直に自然に流れ出るようになるまで回を重ねて、やっと私の朗読のための一行が出来上がった気がします。

練習の中で、秋谷氏のことばの持つ間口の広さと奥行きの深さにとても感動いたしました。これは黙読では味わえなかった感動であり、当日までの十数日間が受賞作品と私との本当の出会いの時になったような気がいたします。

お祝いの会は、スピーチ、ギター演奏、朗読、会食、花束贈呈とあたたかく和やかな雰囲気の中で進行しましたが、私の朗読の方はかなり緊張してしまい、夢中で読み上げ、気が付いたら終わっておりましたのが今でも心残りです。

最後に、秋谷氏の好きな山の歌「雪山讃歌」を全員で合唱して散会となりました。

私はピンクのスイトピーを一輪いただいて帰り、玄関に飾りました。

「地球」115号（一九九六年六月）

シンボルマーク

「第十六回世界詩人会議日本大会」は群馬県前橋市で開催された。八百人余り（海外からは二十七か国、百七十四名。日本からは短歌、俳句のジャンルを含めて六百四十数名）が参加した。

私は二十三日午前六時三十分に家を出て、東武伊勢崎線久喜駅発六時五十分に乗り、伊勢崎着八時十五分、両毛線に乗り替え、八時三十二分に前橋に着いた。距離八十キロ、所要時間二時間の地で世界詩人会議が開催されたのだ。前橋駅から会場までは歓迎の旗や案内板が立ち、事務局の成功への熱い思いが直に感じられた。

会場に着くと、地球をイメージさせる茶と緑の配色の大会タイトルが壇上の中央前面に横たわり、その一番奥の垂れ幕の中ほどに、鳩が上空を目指す円形のシンボルマークがポツリとぶら下がっている。ギリギリまで簡略化されていて、淋しいというのが第一印象だった。

開会のあいさつに開催委員長の秋谷豊氏が立つ。照明が落とされ、音楽（バックミュージック）が流れ、スポットライトの中で「詩の国境へ」の朗読が始まると、シンボルマークが夜空の月のように浮かび上がった。

この時、それが闇を照らす詩人の心のように思え、シンボルマークに引き込まれた。初めて、簡略の意味を知った。

会議はプログラム通りに進行した。沢山の感動をいただいたが、特に牛漢、金南祚、谷川俊太郎各氏の言葉が強く心に残った。

私が世界詩人会議に初めて参加したのは第十五回の台湾大会で、今回は二回目である。台湾で感じた詩を愛する人々の熱気に負けない日本大会の熱気は、二十五日の閉会まで続いた。

開催委員長を頂点に準備を重ねられた事務局と前橋市の職員、ボランティアの方々に敬意を表すると共に深く感謝している。人口三十六万の開催都市前橋は、私にとって、親しみ深い、再び「訪れたい街」になった。

「地球」118号（一九九七年六月）

ヒマラヤ杉が枯れても

秋谷豊作詩、高木東六作曲の入間市立扇小学校校歌に直に触れた時の感動は忘れない。

平成八年十一月二十五日、奥武蔵文学散歩に向かうマイクロバスの中で、私たちは扇小学校の子供たちの合唱をカセットテープで聞いた。型にはまらない、ほのぼのとした暖かい血の通った言葉が高木東六のメロディとリズムに乗って流れてきた。

私は学校が勉強をする場所なのだと改めて思い返した。そして、勉強が自由で楽しくなくてはならないことも。当たり前の事を、私はすっかり忘れていたような気がした。この校歌は学校のあるべき姿をうたっていると思う。

入間市立扇小学校には旧校舎と新校舎が建っていた。門を入るとすぐ目に止まる左手斜め前に、御影石の石碑が二つ並んで建っている。右側に詩、左側に音符。石碑に刻まれた、類を見ないという五線の上のおたまじゃくしを見ていると、扇小学校の校歌に対する深い思いが伝わってくる。

レンガ色の新校舎とややくすんだベージュ色の旧校舎の間に置かれた鉢植の花が、赤黄白オレンジと咲き誇っていたが、休日の校舎はしんと静まり返っていた。

作詩された時から十数年経た今、学校の回りは新興住宅地となり、家屋がぎっしり建ち並び茶畑は姿を消している。マイクロバスがやっと通れる通学路はアスファルトで舗装されている。子供たちが朝つゆを踏むことはないだろう。「ヒマラヤ杉のかげが／ゆれてる」と歌われたそのヒマラヤ杉は落雷で枯れてしまったという。少し残念な気もするが、この校歌を歌う子供たちの心には、広々としたみどりの縞もようの茶畑に囲まれて、ヒマラヤ杉がそびえるように立っていたかつての扇小学校の風景が刻み込まれているのではないだろうか。そして、知らず知らずのうちに、頑張って勉強してしまうに違いない。

ヒマラヤ杉をもう一度植えるという話も聞いた。是非、実現して欲しいと思う。

「地球」118号（一九九七年六月）

凪いだ海

福井県丹生郡清水町主催、詩の町づくりシリーズ⑤、'97ふるさと詩劇場は平成九年九月二十八日に行われた。場所は清水町の「きらら館」の大ホール。私はこの名前に大変親しみを感じた。何も解説がいらない行政と町民が一体となって言葉（日本語）を大切にしている事が伝わってくる詩の町にふさわしい名だと思う。引き替え、私の住む久喜市では久喜総合文化会館、南公民館、本町集会所など何処にでもある名前か、サリアなど何度由来を聞いても憶えられないカタカナの名前かのどちらかでさびしい。

私たちは広部英一、岡崎純、川上明日夫各氏の案内で開演一時間前にきらら館に着いた。入口には秋谷豊の「日本の詩　アジアの詩」と大きく書かれた高さ二メートルほどの看板が立てられていた。この看板を囲み、秋のおだやかな日差しの中で記念写真を撮った。

講演会場には百三十名位のお客さまが集まり、広部氏の司会で進行された。開演に先立ち、私たち「地球」の一行十名は広部氏から地元の皆様に紹介され、あたたかい拍手で迎えられた。

講演会は三部に分けられ、第一部は川上明日夫講師による「ひとりの子供が歩いてくる」という則武三雄の詩の朗読と解説である。川上氏のお名前は詩誌上で知っていたが、お会いしたのは初めてだ。明るくサービス精神にあふれた方で、緊張ぎみの私たちの心をすーっとほどいてくれた。講演の方も、そんなお人柄がにじみ出た三十分だった。

第二部は清水詩の会の会員による自作詩の朗読。結成一年目ということだが、地域の長い詩の歴史を感じた。公演者五人がそれぞれ個性的な作品を堂々と披露した。さすがに詩の町、肥えた詩土壌で生活をしているのだろう。ピアノ伴奏が詩を引き立てて、胸にせまる二十分間だった。

第三部は秋谷豊講師による文化講演「日本の詩　アジアの詩」。「身の回りのことを自分の言葉で書く」という詩の第一歩から、一九九六年八月に前橋で開かれた世界詩人会議のことまで話題は広範囲に及び、七十分が過ぎても、まだ話し足りない様子であった。話は前後するが、秋谷講師の経歴を岡崎純氏が紹介した。

岡崎氏が「地球の椅子」の選者をしていた頃、私は投稿者だった。名前も顔も以前から知っていたが、ずっとごあいさつできずにいた。東京での岡崎氏は大きなバッグを肩に、丸い目を見開いて飛ぶように歩いていた。近寄り難かったのである。福井での岡崎氏の眼差しは凪いだ海のようで、私は吸い寄せられるように自己紹介をしていた。五年間に肺と胃の大手術をしたことをにこやかに話された。

詩を通して秋谷氏、広部氏を通して福井の方々の心に触れた。今では、東尋坊の切り立った崖を越えて私たちを濡らした波頭のように深く心に染みて、互いに求め合っていたような気さえするのだ。

「地球」120号(一九九七年十二月)

共通語は「詩」

「東アジア詩のフェスティバル」に参加するために出発した四月二十九日の朝は午前三時に起きた。旅のスタートは大宮駅西口から発車するリムジンバスに乗り遅れないこと。旅に不慣れで、そそっかしい私は不安ばかりを募らせていた。長男に車で送らせ、出発一時間前にバス乗り場に着いた時、やっと、数日前から続いていた緊張から解放された。

韓国に着いてからは毎朝ホテルを八時三十分に出発し、夜九時過ぎに戻るという古代史を巡る時間を過ごした。釜山の詩人との交流会の席で韓国詩人と間違えられ、千三百年前に渡来した百済人(びと)の血が私の中にも流れているかも知れないと古代に思いを巡らした。

五月二日午後二時三十分、「フェスティバル」は韓国出版文化会館講堂で予定通り開催された。開会前、隣に座った通訳の李承淳氏は、しきりに時間を気にして会場を見渡し、韓国詩人の出足に心を配っていた。

会は丸地守氏のなめらかな司会で進行し、日本、韓国、台湾の詩人の講演と、それぞれの通訳の後、自作詩朗読へと進んだ。新川和江氏が「わたしを束ねないで」は多くの女性へのメッセージだと言い添えられてから朗読し、佐川亜紀氏は詩とコメントを韓国語で行い、韓国詩人から大きな拍手を送られた。おわりに日本、韓国、台湾の現代詩の交流を長年推進してこられた秋谷豊氏と台湾の陳千武氏に記念品が贈られた。閉会の辞は金光林氏が韓国語で述べられた。日本語で親しんでいた金光林氏とは別人のように緊張感が漂い、会に向けた氏の熱意が感じられた。会は盛り上がり、その熱気は夜の交流パーティーへと続いた。

石井睦子氏と韓国詩人が英語で話をしている。お互いに相手の国の言葉を知らないのだが、詩が二人の心を開いているので会話ができるのだろう。彼は私たちが持って行った「地球」の目次を開き、差し出す。私が自分の詩を指差すと印を付け、身振り手振りで朗読をと言う。私は声をおさえて「カナカナ」を読んだ。最終連のカナカナカナカナを読もうとすると、彼は先回りをして、にこやかにカナカナカナカナカナと声に出した。出会って五分足らずで、言葉を交わさずに私たちの間を暖かいものが流れていった。私が詩を大切に思うように、彼も又、詩を大切に思っているに違いない。「詩の交流とは人との交流なのだ」と秋谷豊氏は言う。今まで漠然としていた韓国や韓国詩人との関わりが具体化していくのを感じた。

伊藤桂一団長ご夫妻、秋谷豊事務局長をはじめ、参加された皆々様と一生の思い出に残る楽しい旅の時間を過ごせたことを心から感謝している。

「地球」122号（一九九八年十二月）

夕鶴抄

「つう」は、あこがれの役であり、あきらめていた役でもあった。ところが、一九九七年に、私たちの小さな劇団が「夕鶴」を上演することになり、「つう」の役をいただいた。幸運としか言いようが無い、偶然が重なったような気がした四年前の秋。

あこがれの役を演じる喜びとは裏腹に、大役を前に、演じる奥深さに打ち拉がれ、戸惑うばかりだった私。

最後の幕が下りた時、私は密かに「つう」に別れを告げた。二度と演じることはないのだという思いと、あこがれだけで演じることはできないという自分への戒めを込めて。

二〇〇一年十月二十七日、ラフレさいたまの真新しいホールのスポットの中に私はいる。夢ではなく、再び「つう」を演じるために。

山中真知子さんのオカリナ「かごめかごめ」が「夕鶴」

の世界への先導者。この小さなスポット空間が、広い野原になり、雪原になり、青空になっていくのだ。

「つう」の独白部分の抜粋だが、簡潔で透明な順二の世界が私の中に甦ってきた。

機会を与えてくださいました秋谷豊氏をはじめとする「地球」の皆さま、耳を傾けてくださいました客席の皆さま、オカリナを演奏してくださいました山中真知子さん、数十枚の十円玉をマイクの前で落とし、小判の効果音を出してくださいました秋山公哉さん、着付けを手伝ってくださいました比留間美代子さん、本当にありがとうございました。

未熟な「つう」でしたが、皆様と共有いたしましたあの時間と空間は、生涯忘れることのできないものとなりました。

「地球」130号（二〇〇二年六月）

受け継がれていく文化

「第八回アジア詩人会議二〇〇二シルクロード」は七月二十七日、中国、韓国、日本の詩人約百名が参加して、西安にある「唐華賓館」で開幕。

秋谷豊氏の開会のことば「自然と人間の源を求める大きな出会いの旅」「詩人ひとりひとりが出会い、再会し、手を取り合って、現代を考察するところに成立するでしょう」。次に、中国代表団長呉思敬氏の挨拶。続いて韓国詩人協会会長の李根培氏の挨拶。李氏は「我々はいま東の方の道を尋ねここに集まり、光の道の上に立っています」「二十一世紀は文化の世紀といわれます。文化は即ち詩であります」と語った。私も詩人として光の道に立ちたいと願う。

翌二十八日は阿倍仲麻呂記念碑の前で、野外朗読会。今回の旅で初めて出会った人、再会した人、言葉は交わさなくても、それぞれが詩に対して抱いている深い思いが伝わる。秋谷氏のことばそのままに。

二十九日は専用バスで碑林博物館を見学した後、書院街へと繰り出した。ここは書、絵画、額縁、楽器、掛け軸、壺、書籍、ネックレス、腕輪等、別名古文化街という名の通り、骨董品等を売っている店が軒を連ねている。

道の両側には、箱を積み重ね、板を渡した即席の出店が並んでいて、路上に板を敷いて絵を並べたり、家の壁に立てかけて売っているところもある。

ある出店の近くにバケツが置いてあった。少年が筆にバケツの水を含ませ、三十センチほどの正方形の石畳に文字を書いている。石畳がぬれて、くっきりと文字が浮かび上がる。次々と書いていくうちに、最初に書いた文字が乾いて消える。少年はまた戻って書く。

父かあるいは母が商売する傍らで、文字の練習をしているのだろうか。太筆で書かれたその文字は、今しがた見学してきた碑林博物館の石碑に刻まれた文字のように整っていた。

「地球」133号（二〇〇三年七月）

初めての海外親子旅

親子で旅に出かけなくなって久しい。中学生になった頃から、全員の予定が調整できなくなってあきらめていた。

今回、砂漠を見たいという娘の希望と、夏休みの日程と旅の日程が偶然にもかみ合って、トルファン、ウルムチ、カシュガルの旅に出かけることができた。

初日、ウルムチのホテルに着いたのは二十三時過ぎ、過酷な旅の始まりだった。

翌三十日は十二時三十分から「第九回アジア詩人会議二〇〇四ウルムチ・カシュガル」の序章のように、天池で野外朗読会が開かれた。この地は秋谷豊氏が二十三年前ボゴダ峰を目指した時の出発地点であるという。

ボゴダ峰と湖を背にした小高い丘は短い草に覆われ、地面の所々に岩が椅子のように顔を出していた。参加者はこの岩や草の上に、思い思いの方角を向いて腰を下ろし、現地で合流した中国詩人と日本詩人たちが交互に響かせる言霊に耳を傾けた。それは澄んだ大気に溶けてながれた。

私は秋谷豊氏の「クレバスに消えた女性隊員」を秋山公哉氏と朗読した。声に載せると、女性隊員に思いを馳せる秋谷豊氏の詩心が胸にあふれ、うっすらと姿を見せるボゴダ峰に向かってたなびいていった。

朗読が終わってから食べた昼食は十六時になっていた。十九時からの本会議。会議終了後の夕食は二十一時三十分。ホテルの部屋に落ち着いたのは二十三時三十分を過ぎていた。あまりの強行軍に娘はすっかり驚いていた。けれど、何よりの驚きは最高齢の秋谷豊氏の若々しさ。赤や黄色の衣裳と足取りの軽さであったという。

高昌故城、交河故城、ベゼクリク千仏堂、火焔山、天山山脈、カレーズ、葡萄溝、バザール、アスターナ古墳、兵馬俑坑、新疆博物館のミイラ、イギリス領事館など。会議の後に見学した名所は親子にとって生涯忘れられない場所となり、思い出の旅となった。

「地球」138号（二〇〇五年六月）

標高三三〇〇メートル

「第十回アジア詩人会議二〇〇七中国雲南・昆明・麗江・シャングリラ」は二〇〇七年八月二十五日にシャングリラで開催された。

秋谷豊団長は「人間の源流を求めて」と題し、話し合うこと、詩を読むことが人間の生きる行為であり、ことばを自然の中へ伝えていくことが大切であると述べ、中国詩人団代表の沈奇氏は二年前に東京で開催された詩人会議で、次回はシャングリラで開催したいと思い、そしてその夢が今、実現したとうれしそうに挨拶された。

次に、参加者の紹介があった。中国の詩人の中にはすでに詩集を数冊出版している十二歳の天才少女もいた。この少女をはじめ、中国詩人は二十代、三十代の若い詩人がほとんどで、現在活躍している二十名近くが参加した。若い詩人のリードが感じられて、未来に続く道が見える。日本では若い詩人の参加が少なく、少なからずその意味で敗北感を感じた。

記念品交換が行われ、シャングリラに住むチベットの女性詩人ダンツチュイツォさんから秋谷豊氏と佐々木久春氏と鈴木豊志夫氏にシルクの白いショールが贈られた。これは歓迎と尊敬の儀式だそうで、首に掛けられた三人はにこやかにうれしそうであった。

第一部のテーマ「二十一世紀に詩人は何を創造するか・地球環境と世界の詩」

基調講演「イタリアの米」岡隆夫。「愛と怨念の食文化」狩野敏也。小講演「雲南のロケット」飯島正治。

中国詩人六人の詩の朗読をはさんで、小講演「共時的思考」中原道夫。「短歌の近代」島崎栄一。「収容所の子供たち」野村路子。

再び、中国詩人の自作詩朗読七人の後、休憩なしで第二部に入った。

テーマ、井上靖生誕百年、没後十五年記念。「黄土と砂漠の果てを行く井上靖さん」秋谷豊氏。「中国と井上文学」傳馬義澄氏。井上靖詩集『遠征路』『乾河道』『星欄干』より「乾河道」「渡り鳥」（宇野淑子）、「タリム河」「残照」（鈴木登志夫）、「海・沙漠」「パミール」（秋山公哉）、「南道の娘たち」「星欄干」（小林登茂子）を朗読した。閉会の辞の後、全員で記念写真撮影。

前日に朗読作品が決まり、本番では稽古不足のためか緊張のためか口が回らず、心残りな朗読だった。井上作品は中国でも出版されているのでなじみの作品だという。

この地は標高三三〇〇メートル。初めての夜は熱めの湯に入ってしまい、酸欠のために激しい頭痛で眠れない夜を過ごしたが、このことが嘘のように充実した会議で胸が満たされた。「人間の源流を求めて」とは自分自身を見つめ、詩を書き続けることという秋谷豊氏の言葉を繰り返しかみしめた。

「地球」146号（二〇〇八年九月）

言葉の洪水の中で

二〇〇八年五月十七日（土）午後、私はソウル市立「文学の家」に向かいました。バスを降りてなだらかな坂道を上っていくと、建物は木立に囲まれて静かに両手を広げるように私たちを迎えてくれました。会場である映像ホールは芝生の庭に面して総ガラス張りになっていて明るい日差しが差し込んできます。

すでに韓国の方々が飲み物や菓子などを準備していて、私たちも受付の場所を決めたり、配布資料を並べたり、横断幕を取り付けたり、マイクのテストをしたりと準備に加わりました。ゆったりとした会場には円テーブルが十五個くらい並べられていて、私は日本と韓国の詩人の混合のテーブルにつきましたが、十一歳まで日本にいたという高貞愛さんがいて日本語で話しかけてくれましたので、自己紹介などしながら会話が弾みました。

司会は権宅明、中原道夫、ささきひろしさんの三人。通訳は日本人よりも的確な日本語を駆使する権宅明さんです。

最初に金南祚さんの歓迎のご挨拶です。権さんは「金先生の言葉はそれ自体が詩ですので、翻訳することができません。通訳はしませんので、先生ご本人が日本語でお話ししてください」とマイクを渡しました。

権さんがどれほど言葉を大切にしているか、どれほど詩を大切にしているかをかんじられると同時に金先生への深い尊敬の心も感じられました。

次に秋谷豊先生が「韓国と武蔵野の血縁」と題して講演しました。

その後はそれぞれの代表詩人が自作詩の朗読をしました。配布資料の中に朗読する詩がそれぞれ翻訳されていましたので、韓国詩人の詩は日本人が日本語で、日本詩人の詩は韓国詩人が韓国語で朗読しました。

一編ごとに壇上の二人はにこやかに固い握手を交わします。時間はゆっくりと流れ、両国の交流は濃密さを増していきます。この時間こそ、日韓現代詩交流三十五年の積み重ねがあった証のように思われました。

プログラムが小山修一さんの『韓国の星・李秀賢くんに捧ぐ』に移ると、釜山から来てくださった李さんのご両親と妹さんが壇上に上がり朗読に耳を傾けました。

　詩の朗読の後に石原武さんの特別講演「詩人の仕事」、続いて北岡淳子、傳馬義澄、高良留美子、佐川亜紀さんの五分間スピーチ。韓国人歌手の歌、飯島正治作詞カンタータ「森のふるさと」のテープ演奏があり、更に充実した時間となりました。

　今回はバスの運転手さんやガイドさんまでが、受付を手伝ってくれたり、自作詩を朗読したりと、韓国が詩の国であることを改めて感ずる旅となりました。

柳絮(りゅうじょ)と競って

アカシアが咲き誇る季節
雨上がりのどんよりとした空に
時折　明るくこぼれる日差し

韓国での詩の朗読会
日本から準備していった詩
会場で朗読直前にできあがった詩
今し方　孵化しようとしている詩のことば
それぞれの思いを託して

カササギの声聞きながら
運転手が韓国語で即興の詩を朗読
それを　現地ガイドが日本語に訳す
添乗員も詩を朗読
一行が　詩人になって
放った言葉

その会場に　柳絮が舞う
白い綿毛に包まれて
ふわり　ふうわり　風花のように
長さ一ミリの茶褐色の種を
二個　三個包んで
近くを流れる水原川のほとり
柳の枝がしなやかに揺れている

言葉と柳絮
もつれ合って舞い上がる
私たちの軽やかな心と共に
日韓詩の交流　三十五周年記念

「地球」147号（二〇〇八年十二月）

対面朗読と正敏さん

二〇一一年五月四日から、正敏さんの対面朗読をしています。

対面朗読は視覚障がい者に一対一で、印刷物を音訳するのが仕事です。今までに音訳した資料は、学校の教科書、週刊誌、時刻表、観光案内書等ですが、いちばん珍しかったのは、方言で書かれた地方の出身校の会報で、これは正敏さんが持ってきました。小説は録音図書として、別に作られているからか、体験したことはありません。

私の住む県ではこのサービスを利用できるのは二時間単位で一か月に八回まで。正敏さんは午前中二時間、昼食を挟んで午後二時間利用していて、別々の朗読者が受け持ちます。私は月に一、二回、午後引き受けています。

今回の音訳書は思潮社の現代詩文庫、第一期戦後詩人篇一〇二巻です。

この仕事はいつも初見で下調べが出来ませんので、漢字、アクセント等、困ることがいくつかあります。

正敏さんがいつ頃から視力を失ったかは知りませんが、その記憶力に助けられてばかりです。読めない漢字が出てくると、「〇〇偏に旁は〇〇」と言うと、太ももの上に人差し指で文字を書いて、大概は答えてくれ、読み方と一緒に意味まで教えてくれます。それで解決しない時は電子辞書の手書き機能を使って調べます。熟語は一字ずつ調べて意味を説明。利用者が、目の前にいるので、説明が出来てとても助かります。アクセントや同音異義語も同じように説明して解決しています。

漢字の読み方とアクセントは一件落着ですが、もう一つ解決できない困りごとがあります。音訳は書かれた文字を機械的に音声化することを要求されるのですが、私は声に出して読むと、すぐに自分の感情が入ってしまい、淡々と読めないのです。悲しい話では涙で声が詰まってしまい、「済みません、最初からもう一度読みます」。涙を拭いて再挑戦。限られた大事な時間内の仕事なので、申し訳なく思いながらも、意味不明では役にたちませんので、読み直すしかありません。朗読ボランティアを始めてから三十数年が経ちましたのに、まだ淡々と読めないことがあり、情けない限り。相変わらず、「済みません。済みません」と謝りながらの二度読み。

「小林さんらしくていいんじゃないですか」と、正敏さんは笑ってくれますが、ここだけの話、朗読ボランティア失格なのです。

「晨」6号（二〇一二年十二月）

十二回目の「山月記」

中島敦作「山月記」。タイトルは知っているが最後まで読み通したことがない、どんな内容だったか記憶にないという人が多い。読み始めると地名も登場人物も中国のものであるので、漢字が多く読めない。途中で諦めてしまうのだそうだ。

朗読会に来て、耳で聞いてやっと内容が理解できたよ、と何度か言われた。

森光子の「放浪記」二千回や山本安英の「夕鶴」千回や堂本光一の「ショック」千回には比べようもないが、私の「山月記」朗読も嬉しいことに十二回目を終えた。

初めての朗読は一人では息が続かなくて、恥ずかしい話だが、中村ミツオさんと二人でやった。三十分ほどの作品の息継ぎがなかなか出来なかったのである。その次は一人で挑戦したのだが、本番までに百回以上毎日声に出して読んだ。これは発声練習をしながら肺活量を増やしていくためであった。その後も朗読の依頼を受けるたびに数え切れないほど声に出して稽古をしている。

最初の頃は理解していたつもりでいたが、内容や言葉も完全に消化できていなくて、ただ、書かれている文字を読んでいるだけだったにすぎない。その証拠に、回を重ねるごとに、少しずつ理解が進み、私の心が動いて作中人物の心に同化するようになっていった。やがて、本番を迎えるたびに、不思議なことに気づいた。いつも同じシーンで感動するのではないのである。

人間から虎になったとき、人間に戻れなくなったとき、妻を思うとき、虎と人間の間を行き来しているときに出会った友人との会話、詩人になり損なったとき、そして、李徴が日ごと虎に近づいていく自分の運命を穏やかに、受け止めざるを得なくなったときと、それぞれのシーンに移っていった。

「山月記」は、最初から何ら変わりはなく変化はしない。朗読する私の心がその都度変化していったのだろう。

この小説のすばらしさは人間観察の広さと深さにあると思う。繰り返し読み込むほどに心の襞に触れる。李徴の思いは作者中島敦の思いに重なり、私達の思いに重なる。

「山月記」が多くのファンを持つ理由はここにあるのだろう。読むたびに発見があり読者を成長させていく。そこに読者一人一人の山月記が存在するのだろう。

「晨」7号（二〇一三年六月）

軽井沢町の「木もれ陽の里」

二〇一〇年十一月、久喜市ボランティア団体の研修で、軽井沢の保健福祉複合施設「木もれ陽の里」に行ってきた。「信濃追分駅」から二分。事業費二十一億九千万円の浅間山を背にした鉄筋コンクリート造りの二階建て。一つの建物に、障がい者支援、健康増進、高齢者生活支援、交流多機能、地域包括支援センター、保健予防の六部門が入っていて、このような複合施設は全国で初めてという。

久喜をバスで朝七時出発。施設には予定より三十分早く到着した。気温は〇度、上着が必要である。

小高い斜面に建っているので、駐車場から一階にも二階にも直接入れる。内部はもちろんバリアフリー。床暖房の穏やかな暖かさ。太陽光を最大限取り入れたガラス張りの天井。曇りや雨の日で自然光が足りないときだけ蛍光灯がつくという。屋外とは別世界だった。

廊下は幅が広くホールを思わせるような長さ八十メートル。雨天でも歩行練習などのリハビリが出来るようにとの配慮だ。床、階段など全館無垢材を使用していて、土足で歩くのは気が引けるほどだ。

ベンチ風の造り付けの椅子が廊下や階段の途中にまであり、休憩したい時すぐに座れるのも素晴らしい。手すりは館内すべてについているのは当然だが、一般的なつるりとしたものではなく、縦に筋の入った握りやすい形状で、細かいところまで利用者への配慮が感じられる。また、トイレの広さ、多さにも驚いた。ほとんどが車いす使用可能で、行きたいと思うと目の前にトイレ。探す必要がなかった。

私たちが見学した日は障がい者支援部門で、ジャム工場の下請け作業をしていた。リンゴの皮むきと芯をくり抜く仕事で、障がい者とボランティア二十人ほどが一緒に作業をしていた(季節によって、イチゴ、ラフランスなどの下処理もする)。一か月一人一万円くらいの収入になるという。もう少しアップできたら……。通所者は午前中に作業をして、昼食後は織物など好きなことをする。その他の仕事として、観光客用のトイレの清掃も請け負っているという。障がい者が施設にこもるのではなく積極的に仕事をして賃金を得る。これは自立につながり働く喜びを感じることも出来る。次の目標は自立につながる賃金に結びつけて欲しいところだ。

水中運動室から温泉まである施設。人口二万人足らずの軽井沢で観光資源活用による豊かな財政状況が可能にしたもの。福祉目当てに移住してくる人もいるとか。

「晨」8号(二〇一三年十二月)

こころみ学園の鉄人たち

「こころみ学園」は足利市にある障がい者支援施設である。初代園長は中学の教師であった。設立のきっかけは、受け持った障がい児の手が、あまりにやわらかく白く細かったことにあるという。全て、周りの人が保護して何でもやっていたことの結果だ。園長は保護する人が年老いたり亡くなったあとを憂えた。〈人はできることをして働いて生きていかなければならない〉。そこで、退職金で売りに出ていた山を買い、この施設を作ったのだ。

職員は原則住み込み。約六十年以上前に、重度の知的障がい者が、山を開墾してブドウ畑を作り、収穫したブドウでワインを作った。共同生活をしながら、それを売り出したら、味の良さで世界的に大好評を得た。

新しい入所者が、母親と一緒に来た時、あいさつのあと、園長は少女に食堂係になるように伝えた。母親は「娘は包丁を持ったことがありません。食堂係は無理」と言って帰って行った。数日後、様子を見に来た母は食堂で働く娘に目を見張った。少女はできないのではなく、今までさせてもらえなかったのだ。

鉄人その一「カラス追い」

ブドウが熟れてくると、カラスが食べに来る。そのカラスを追うために、朝早く、おにぎりを持って山頂に登り、カラスが巣に帰るまで一日中カラス追いをする。彼のおかげで、良質のブドウができるのである。

鉄人その二「ワイン検査係」

ワイン工場ででき上がったワインは瓶に詰め、不純物が入っていないかを検査する。検査係は一瞬のうちに、不純物入りの瓶をはじく。小さな物まで見つけてしまう。何故こんなに早く見つけられるのか誰にも分からないという。

鉄人その三「洗濯係」

現在は職員を含めて約百人が生活している。洗濯物は毎日ある。大型洗濯機で洗い、屋上の干し場に持ち上げる。濡れている物は重く、重労働である。雨の日も休まない。休めば次の日は二百人分になってしまうから。雨の日は屋根の下に干した後、乾燥機で乾かす。乾いた洗濯物は持ち主のところに間違いなく届けられる。名前も書いてあるが、鉄人は見ない。どうやって百人分を覚えるのか分からないが、正しく素早く配布するのだ。

様々な分野で活躍する鉄人は、繰り返し、長い間働くことによって誰にもまねのできない力を発揮しているのだという。

「晨」9号（二〇一四年六月）

シャングリラで

シャングリラで「第十回アジア詩人会議」が開催されたのは、二〇〇七年八月二十五日。標高は三三〇〇メートルで日本の富士山の頂上くらいの高地です。

昆明、麗江、シャングリラと移動して高度をあげていった。酸欠にならないようにバスの中で携帯用酸素ボンベを二本ずつ配布（卓上のガスボンベみたい）。でも、初めてなのでどんな時に使用すればいいのか分からない。ホテルに着いて湯船に湯を張ったら熱く、足首だけを入れて我慢していたら吐き気がしてきた。酸欠を起こしてしまったのです。娘と同室だったので、冷たい水を飲ませてもらい、ベッドに横になりましたが、その夜は頭痛が激しくほとんど眠れませんし、酸素ボンベはバスの中。知らないということは、本当に恐ろしいことです。

「アジア詩人会議」の日、シャングリラに住むチベットの女性詩人から佐々木久春、秋谷豊、鈴木豊志夫さんにシルクの白いショールが贈られました。これは歓迎と尊敬の儀式だそうです。三人は首に巻いてもらって嬉しそうでした。

会議が始まると、秋谷豊団長が「人間の源流を求めて」と題し、話し合うことと詩を読むことが人間の生きる行為であると述べました。次に中国詩人の沈奇さんが二年前に東京で開催された詩人会議で「次回はシャングリラで」と思ったそうで、その夢が実現したと挨拶。

中国の参加者は、すでに詩集を数冊出版している十二歳の天才少女をはじめ、ほとんどが二十代三十代の活躍している二十名近く。日本では若い詩人の参加が少ないので羨ましいほどでした。岡隆夫、狩野敏也、飯島正治、中原道夫、島崎栄一、野村路子、傳馬義澄各氏の基調講演。途中、ホテル内の工事のため一時停電しましたが、無事終了。井上靖作品を朗読した後、全員で記念写真を撮影してお開きとなりました。

現在ではテロが横行し海外旅行は不安が伴います。お世話になった秋谷豊、飯島正治さんが亡くなり、私の桃源郷も遠くなりました。

「豆の木」21号（二〇一六年五月）

めぐり会い

生まれたときからたくさんの人とめぐり会う。祖父母、父母、兄弟、姉妹。いずれも奇跡の偶然である。

芝居に情熱を傾ける「劇団久喜座」の人々とも芝居の神様の計らいで、めぐり会ったのであろう。

この春、私と「劇団久喜座」との出逢いから退団までの活動を一冊にまとめた。久喜座との関係に区切りを付けたかったのだが、結果として私の生涯そのものの終焉を感じることになってしまった。

作業が中盤まで済み、後半に取りかかった時点で、奇跡的にめぐり会った主宰者の澤田照夫さんにステージ末期の病が発覚した。

二〇一六年五月七、八日に公演した「ある国の憂鬱なる風景」の脚本には〈今生で最後の作品〉と銘打ってあった。私は、不吉な予感を覚えたが、彼独特の集客の作戦だとそれを封印した。しかし、予感は的中。現実となってしまった。旅立ったのは翌年六月三十日。

目次には〈金剛寺照五郎、今生で最後の作品〉とあったが、私は〈活動は続いて〉に訂正。

この公演に出演の依頼をされた時は単に人数が足りないのだろうと考えていたが、僧侶でもある彼は体調不良があって別離を予感していたのだろう。

最後となるかも知れない舞台に旧知を集め、一緒に舞台に立ちたかったような気がする。密かに一期一会のご縁のお別れをしてくれたのだ。

公演最終日、台詞が途切れてしまった時、「誰？」「誰？」とお互いに顔を見合わせているうちに「ああ、おれか〜」と澤田さん。舞台も客席も大爆笑！ 図らずも最後の最後までみんなを笑わせてくれた。

公演の成功のために全力投球の彼は、多くの人々を引きつけてきた。私たちは全幅の信頼を寄せて与えられた仕事を消化してきた。今までの足跡を振り返ってみたとき、澤田照夫という演劇に対する熱い思いと才能を持った人とのめぐり会いによって、公演が実現され、私たちは涙し、爆笑し、感動を味わってきた。合掌。

「豆の木」24号（二〇一七年十一月）

解説

小林詩を立ち上げてきた世界

高橋次夫

詩人小林登茂子について語るにはまず出会いのときから始めてみたい。二〇〇三年七月、埼玉詩人会の会長は石原武氏で理事長に飯島正治氏が選任され、新しい理事五人の中に小林さんと私が含まれていたのである。当時私は六年ほど前に埼玉県に移住してきたばかりで会社の仕事もまだ横浜に通っており、埼玉県のことはほとんど判らなかった。ただ横浜時代、石原武氏にお世話になっていて、それによっての理事指名であったのかも知れないが、周りの理事の方々について何も知らないままの理事会体験であった。こうして理事会を重ねてゆくうちに、理事十人の意見のなかで、短い言葉ながら問題の核心を捉えるひとが印象に残るようになった。名前と顔が一致するようになってようやく、そのひとが小林登茂子さんと確認できたのである。その印象は十五年経過した今も変わらないでいる。ただそれは何によって顕れてくるのか気にはなっていたのだ。暫くして、年が明けてからであったか飯島理事長に、小林さんは劇団久喜座で舞台に立っている劇団員であると知らされたのである。核心を捉える集中力はそこで磨かれていたのか、そんな風に私は納得したのであった。

詩の力を育てるにはさまざまな手段や方策が有るわけであるが、そのひとつとして、他のジャンルに身体を通して集中させることも大きい意味を持つものと私は考えており、これに繋がる話は後にも出てくるが、そういう意味で小林さんの舞台活動には少なからず関心をそそられたのであった。その後、舞台公演の案内を戴いては、久喜市の久喜総合文化会館に通うようになっていった。

ところで小林さんの舞台に対する執着心はどういう形で育まれてきたのか、その辺りも見ておかなければならないようだ。それには年譜に頼るしかないが、小学六年生のときの「野口英世の少年時代」で俳優への志に火がついたと言っていいだろう。何故なら中学時代は放送劇、高校時代は演劇部、仕事についた後も演劇サークル「麦の会」に所属しての演劇活動。そしてその極みは独身ではなく結婚後四年を経てのこの決心である。年譜の表記をそのままお借りする。〈夫のすすめで経済企画庁を退職し、東京演劇アンサンブル俳優教室に入所〉。これはプロとしてそこを目指すというより、舞台での身体表現の魅力を求めた結果というべきであろう。

この後の十年、三人のこどもが誕生し、新しい仕事にも就いて、このまま平穏な暮らしに流れて行きそうだがそうではなかった。身体に染み付いた表現者としての意志は、言葉を通しての創作表現、詩作へと向かわせてゆく。三十五歳にして朝日新聞「埼玉文化」に詩の投稿を始める。これがまた新しい世界を拓いてゆくことになる。朗読の力を活かして埼玉県立図書館（久喜）で音訳ボランティアを始めたのもこの頃で、これは生涯の仕事になりそうである。ここにも小林さんのひた向きな生き方がみられる。

小林さんにとっての新しい舞台、つまり詩の世界への挑戦は七年後に報われ、朝日埼玉文化賞授賞式に出席して詩の部門の選者である秋谷豊氏に初めて出会う。それをきっかけにして二年後「詩の教室」に参加し秋谷氏の薫陶を受け始めるのである。こうしてひたすら詩の道を追い続け、六年後、ついには「地球」同人の位置までたどり着く。それは舞台を離れて詩の道へ乗り換えたということではない。「詩の教室」に通っているさなか、埼玉県久喜市を活動の拠点としてアマチュア劇団「劇団久喜座」を、中核リーダーとして動いた澤田照夫氏を援けて立ち上げているのである。このことは、あるいは一見、二股を掛けているように見えるが私の判断は違う。小林さんにとっては舞台の世界も詩の世界も、身体を通して一途に表現に向かうひとつのものと捉えていたのではないか、私にはそのようにしか思えない。それは舞台と詩の融合された境地に至ったのであろうと申し上げておきたい。

それからの小林さんの活動には眼を瞠るものがある。舞台での活動は一九九〇年七月の「劇団久喜座」旗揚げから始まる。以来退団までの二十六年間の一切の顚末をドキュメントタッチで記録し記述した著書を、「劇団久喜座と私の二十六年」の副題で『我が人生の幕間にて』を先年、土曜美術社出版販売から刊行している。アマチュア劇団ゆえの苦心惨憺ぶりから、澤田照夫氏のリーダーとしての自覚と苦悩、アマチュア団員たちの悲喜交々の稽古と本番。小林さんの実感の籠った記録である。その中の二十周年記念公演の際、小林さんは不思議な感覚を体感したのだという。その内容がどんなものであるか、著書の中の記述を一部引いてみる。〈七歳の子を残して四ヵ月後に旅立つ癌末期患者。三十九歳。回想シーン。黒紗幕の内側のベッドの背もたれに寄りかかって座っている。見舞いの夫との会話。／黒紗幕の向こうのスポットの中、夫が客席に向かって立ち、ぼんやりと浮き上がっている。私の左右の袖には二つずつスタンドライトが光を発している。ライトの奥、舞台の袖は闇の中。／客席も黒紗幕の向こうで、もちろんまったくの闇。しんと静まりかえったその奥から、息を殺し、私を凝視する無数のまなざし。／／私の役が時空を越えて私を支配し、闇に浮かぶこの小さな空間が私の生きるすべての空間になったのだ。役としてではなく、私は私の言葉として、夫に感謝と別れの言葉を告げた。／／今まで、数えきれないほどの舞台に立ったが、今回の体験で、改めて、舞台の奥深さを感じた。〉。この体験を小林さんは、井上ひさしの言葉「観客と舞台が一つになったとき、俳優に奇跡が起る」に重ねている。これに似たことを私は、テレビ映像の中で聞いた。歌舞伎役者市川猿之助が製硯師との対話で、舞台がいよいよ佳境に至って楽しみに浸っていた瞬間、観客が一切消えたというのである。このことはそのまま非日常の世界を詩的実感あるいは詩的体感として体得し得たと言い換えてもよいのではないかと、私は捉えてしまう。小林さんご自身も「演ずるということは、その場所で生きることなのだと。二度と再現することのできない人生そのものなのだ」と確認されているように、詩を生きることと繋がるはずである。

一方、詩の現場に眼を移すと、九二年に第一詩集『赤い傘』を出版し、九四年には「地球」の同人になっている。それからは「地球」同人として、秋谷豊氏の企画実践する日本の枠を超えた大きい詩の行事に積極的に参加してゆく。年譜にあるだけを敢えて列挙してみる。①九四年、第十五回世界詩人会議台湾大会（台湾）②九七年、第十六回世界詩人会議日本大会（前橋市）、③九八年、東アジア詩のフェスティバル、④第七回アジア詩人会議一九九九ウランバートル（モンゴル）、⑤世界詩人祭二〇〇〇東京、⑥〇二年、第八回アジア詩人会議二〇〇二シルクロード（西安・敦煌）、⑦〇四年、第九回アジア詩人会議二〇〇四ウルムチ・カシュガル、⑧〇五年、アジア環太平洋詩人会議二〇〇五東京、⑨〇七年、第十回アジア詩人会議二〇〇七中国雲南・昆明・麗江・シャングリラ、⑩〇八年、日韓現代詩交流三十五年記念・アジアの詩の集いソウル。

ここまで小林さんを駆り立ててきたものは何であったか。そのことを考えてみたとき、「地球」主宰の秋谷氏と小林さんとに繋がるもの、それは秋谷氏には山岳行が詩の骨格を成しているように、小林さんは演劇の舞台を通して様々な人間像を捉え詩の原点に据えている。それを無意識に感得したとき、ひた向きに「地球」に、秋谷氏にその後を追ったことは当然の成り行きであったろうと私には思われるのである。小林さんご自身が舞台活動について秋谷氏に直接、続けてよいのかどうか訊ねたとき、「大事なことだから続けなさい」、そのような意味の答えを貰っていることでもその辺りのことは理解できよう。

このようにして舞台と詩がよい意味での相乗効果を見せながら展開されてゆくのであるが、それだけで満足できていたわけではなかったようである。東京俳優学校という養成所のときの同級生、山崎勢津子氏に出会うと二〇〇八年、「扉の向こう」と名付けた朗読の勉強会を企画し開催した。ひとつの演劇舞台を立ち上げるには総合力のエネルギーを求められるが、〈朗読〉だけであれば比較的容易である。そして四回目の二〇一一年、東日本大震災に遭遇するもなんとか開催に漕ぎ付ける。この大震災は日本中の詩人に少なからず多大な衝撃を与えた。筆を止めた人、沈黙した人、激しく反応した人などいろんなかたちで記録に残されているが、小林さんたちの「扉の向こう」は翌年の第五回には〈東日本大震災と詩人たち〉という特集を組み、九人の詩人の震災に関わる十篇の詩作品の朗読を行ったのである。この特集は二〇一七年の最終回まで六年続けて実施され、三十三人の詩人の作品、延べにして六十三作品が取り上げられたのである。私の申し上げたいことは数字ではなく、これらの詩人と作品を小林さんご自身によって選ばれ、構成されたということ、つまり詩人としての眼力の確かさが証明されたのではないか、というそこのところに焦点を当てたいのである。

小林さんの詩歴はこれからもさらに積み上げられてゆくであろうことは明らかであるが、私が最も強く関わったと感じているのは六冊目の詩集『記憶の海』であるが、そこに展開されている世界は、人間の諸相であり、そのいのちの実相であると言いたい。第Ⅱ章の終わりあたりの「記憶の海」と「ひとしずくを」に収斂されてゆく人間といのちの実相は、ここまで述べてきた舞台とその修業によって得られた人間獲得の顕れであり、詩活動のために秘境にまで辿った行動によって身体に染み付いた本人の信念の現れと言えるものであろう。

ここでもう一度、アマチュア劇団「久喜座」立ち上げのころ、中核リーダーの澤田照夫氏が発したメッセージを振り返ってみる。〈由布木一平という優れた演出家の言われる「人間を洞察し、掘り下げることが役の中で自由に生きること」、また「演技はなぞりではなくその人を生きること」という徹底したリアリズムの精神がいかに正しいかを、私は自分が演出するようになってやっと理解できました。人間の真実を伝えるためには、人間の真実でするしかありません。人間を内側からリアルにとらえることしかないと思います。〉。

小林さんはまさにこのリアリズムを無心に実践してきたのであろうと思う。そして小林さんの詩を立ち上げてきた世界こそがこのリアリズムなのであろうと私は今ひとり納得しているのである。

十五歳の悲劇と無私の心

中村不二夫

1

小林登茂子には、「地球」関連行事で話をする機会があったとき、なんども朗読のサポートで、また、中島敦「山月記」朗読のご案内をいただきながら不義理ばかりしてきた。小林はプロの舞台女優なので、うまく詩が読めるのは当たり前だが、いちどだけ驚いたことがある。それはやはり「地球」の「ランプ忌」で、私の評論の一部を読んでもらったときのことである。性質上、評論のことばは観念の羅列で無味乾燥で面白味はない。しかし、小林の発する声によって、図らずもそこに命の波動が感じられて、思わず私は舞台の隅で感涙してしまった。その経験は、こうして今も評論・エッセイを書き続けていく原動力になっている。そのことにもお礼を申し上げたい。小林には、このように声で人を感動させる素晴らしい天分が与えられている。一見、詩人は詩を書くことが本分で、評論・エッセイも含め、他は余技のような目でみていたが、今回小林の詩稿を読み終え、その考えを改めた。初めに詩ありきではなく、詩は日常生活の夾雑物をくまなく拾い上げ、さまざまな経験を経て最後に到達する領分なのではないかと。小林でいえば、それは舞台女優と朗読、それ以外、後述するボランティア活動がこれに当たる。秋谷豊の「地球」や、埼玉の詩人団体でも会の運営を陰で支える立場にいたにちがいない。さらに、小林は痩身の体で、これも後述するが、積極的にアジア世界詩人会議に参加するなど、海外詩人たちとの交流も深めている。

このように小林は詩以外の活動が際立っている反面、これまで詩そのものがあまり論じられない環境にいたのではないか。あまり言いたくないのだが、ボランティアどころか、詩人団体の仕事を回避し、すべての時間を自分のために使って詩壇的評価を受けている詩人もいる。たしかに「こんなことをしていたら、自分の詩が書けない」という論理は正しい。しかし、小林のような人材がいないと詩の世界の運営は円滑に進まない。たしかに、詩は個の尊厳と自由さえ確保できればよいのだが、やはり人間社会で生きている以上、みんなで支えあう気持ちは必要である。

2

ここでは、小林がどんな詩を書く詩人なのかに視点を落として考えてみたい。まず、小林はすでに舞台女優として評価を得ているので、それで良いということにはならない。詩人を名乗っている以上、そこでの豊富な経験が詩言語に転化されていなければならない。

小林の詩は平明で、舞台活動、ボランティア、国際交流などの生活体験と詩的内容がほぼ一致している。小林のように身辺的心境詩をテーマにしていても、そこに作者の想像が入り交じり、奇想天外な展開になることがあるが、そうした要求は一切ない。たとえばアジア詩人会議を一冊にまとめた詩集『シルクロード詩篇』（二〇〇七年）があるが、それを読んでいくと克明に行程に沿って詩が書かれている。いったい団体行動中、どのようにこれをまとめたのか、その緻密な情景描写に驚かされる。まず、この詩集から入っていくことにする。

故城の入り口近くにあった
数株のラクダ草と
ひと株の砂漠のスイカ以外に
命の気配はない

（「交河故城」）

気温は四十度を超えているだろう
（略）
その砂地に張り付いているスイカの蔓

（「砂漠のスイカ」）

日本人観光客が日本語の先生だという
観光客と交流すること

言葉を交わすことが
彼女らの未来を開くようだ

（「故城の日本語学校」註・高昌故城）

ガラスケースの中に横たわる男と女

（略）

無限に見つめられ続けていく
二つのいのち

（「アスターナ古墳の夫婦」）

第一章「火焰山」の中からアトランダムに詩句を引いてみた。これらの詩のモチーフのもとは、「地球」のアジア詩人会議（二〇〇二年の西安・敦煌、二〇〇四年のウルムチ・カシュガル）である。これらの名勝地は、ユネスコ世界遺産に登録された世界的観光スポットであるが、小林の視点はそういう表層的なところにアンテナが働かない。あくまで、小林の視線の先にあるのは砂漠のスイカ、現地の売り子たちなど、ふだんの生活目線の延長線上である。これこそが小林の詩的スタンスで、それは詩的対象物（ほとんどが人間）を顕微鏡で覗く、シナリオ作家のような動態的な姿勢によって貫かれている。小林のような詩人は、きっとどこにいても、同じ態度で公平に人や物に接しているのではないか。人間は向上心の名のもと、自己を高めることには長けていても、なかなか小林のような抑制的な態度に至ることは難しい。交河故城や高昌故城の前に立ってみれば、中国何千年の歴史ロマンに思いを巡らし、その光景に圧倒され、ことばを失って沈黙してしまうかもしれない。しかし、小林の認識はかつての勇者や覇者に向かわず、目の前の風景を瞬時に生活目線に切り替え、虚心坦懐に対象物に対峙することができる。小林の詩はどこまでも自己中心の自我意識が浄化されていて、詩的対象を自らの感情で差配しようとはしない。まず、そこに大きな特徴をみてよい。

ひとつの記録として、「第九回アジア詩人会議二〇〇四ウルムチ・カシュガル」、その二日目、ウルムチの天池湖畔の野外朗読会で、秋山公哉とともに秋谷豊の名詩「クレバスに消えた女性隊員」を朗読したことは、あえてここに記録しておきたい。その場には、日本詩人団の他、中国の詩人団、沈葦、沈奇、黄毅、伊沙、唐欣などがいた。小林はこの会議に家族（娘）を帯同させている。エッセイ「初めての海外親子旅」に詳しい。

3

『シルクロード詩篇』からすこし離れ、初めに触れた実生活面に触れてみたい。

小林は、一九五九年（昭和三十四）十五歳の時に父を亡くしている。高校卒業後、経済企画庁（現在の内閣府）に就職、一九六五年（昭和四十）、二十一歳の時に結婚、三人の子供をもうけている。長男誕生後、地元の久喜宮代衛生組合に就職、六十二歳の定年まで勤務。高校では演劇部に所属し、一九八四年（昭和五十九）に劇団「かざぐるま」に参加。そこから本格的な演劇活動を再開。一九九〇年（平成二）、「劇団久喜座」の旗揚げに参加、二〇一六年五月まで、五十余回の舞台をこなす。それ以外に中島敦「山月記」の朗読は十数回。視覚障がい者への対面朗読のボランティアなど、まさに比類をみない生活力の逞しさをみてしまう。

おそらく、十五歳で父親を亡くしたことは、その後の進路になんらかの影響を与えたはずである。こうした思春期の人生経験が、現在に至るまで、小林の詩作になんらかの形で反映しているにちがいない。一九六〇年代、高田敏子の「野火」は生活詩を提唱し、全国に主婦層を中心に千人近くの詩人を誕生させた。小林は、本来高田が提唱した生活詩の模範に当たる詩人のようである。しかし、小林は「野火」には行かず、一九九四年（平成六）、戦後ネオ・ロマンティシズムを提唱し、戦後抒情の一大拠点となった秋谷豊の「地球」に参加。小林が「野火」ではなく、「地球」を選んだことは、自身が主婦ではなく、終始職業婦人だったからではないか。ふだんの楚々とした趣の小林からは、定年まで勤め上げた労働現場での汗の匂いは浮かんでこない。それは秘めたる思いとして内側にあるのかもしれないが。あるいは、そうしたミステリアスな部分も小林の詩の魅力の一つとなるかもしれない。

父の最期を描いた「踵」は畢竟の記念碑的作品。これは追想によって書かれたものだが、大量に吐血する父に

「看護婦さんを呼んできて」と告げられるシーンは、十五歳の悲劇といってよいほど生々しい。これは別の側面からみれば、詩人小林登茂子誕生の瞬間といってもよい。小林はそこでの痛苦を、詩作を軸に、演劇や朗読活動、ボランティアも含めて、生涯をかけ、他者への愛となって実らせていくことになっていくが、まことに強靭な精神力の持ち主であるといってよい。全体的には、幸福な家族構成、職業人としての傍らの芸術やボランティア活動、いわば光の部分が色濃く映し出されるが、悲劇はつねに不可逆的に人生に付きまとうものであって、だれも避けることはできない。解決策は、自身がそれをどこかに閉ざして見せないようにするしかない。これは小林の生き方に関わるものなのであって、本文は小林の陰の部分を探し出そうとするものではない。

　小林の生活目線は、国際詩人会議のような場所でもつぎのように書かれる。

　（私たちは無償で生命を与えられた）
　金南祚さんの日本語が静かに会場に流れる
　ことばは私の血液に溶けて身体（からだ）を巡る
　私は私の小さな生命を想う

　三人の子を産み　育て
　祖母に愛された方法で愛しつづけている
　六月の雨を愛し
　父の横顔のような雲を愛し
　すみれを愛し　たんぽぽを愛し
　詩を愛し　芝居を愛した
　光ることばは語れないけれど
　光ることばにふるえる心を持っている

（「満月」部分・『薔薇記』）

　金南祚（一九二七〜）は現代韓国詩を代表する女性詩人で、なんども来日されている。小林は金南祚に対し「光ることばは語れないけれど／光ることばにふるえる心を持っている」と激しく感応している。たしかに、詩人は光ることばを磨くことが本分ではあっても、小林のように他者のことばにふるえる感性が、つねに準備されていることはない。前述したように、これは自戒を込めていうのだが、どうしても他者の声を聴くより、自らの光ることばの創造活動を優先させてしまう。その点、小林は他者の声をきちっと受け止めることができる稀少な詩人だといえる。そのことから、小林の詩の底流に流れる時間は、静謐かつ穏やかで人間らしい温もりがある。私は二十年近く、「地球」を通して数えきれないくらい小林と会話を交わしているが、その抑制された雰囲気はつねに変わらない。本文を執筆している間、現代詩人会の詩祭、「石原武を送る会」でも挨拶を交わしたが、内側に迎え入れられた気がして、余計なことばはいらなかった。小林は自我を消すことで、ちがう次元で圧倒的な存在感をみせているのである。私はその小林のもつ雰囲気は得難いもので、これも十五歳の悲劇が影響しているものと思われる。

つぎの作品などは、小林の女優魂が全面的に開花して印象深い。

舞台の場所はアメリカ　カリフォルニア州
マンザナ強制収容所
時は五十年前　私が生まれた頃
二幕六場　上演時間二時間四十分
私は新聞記者
並んで座っているのは浪曲師
井上ひさしの「マンザナわが町」の脚本は
憶えるそばから忘れるほどの長ゼリフばかり
人類学者　女優　歌手と
それぞれの役目を担ってセリフと格闘
非力な私たちは
それぞれが役目を果たそうと台本に目を落とし
口の中でセリフを繰り返す

人生は時間も空間も繰り返せないのに
舞台では時間を遡り
同じ空間を生き返さなければならない

開幕の二(に)ベルが鳴り始めた
舞台も客席も闇の中に沈んでいく

私は女優　引き返せない流れに乗って
　私自身を見つめている
　　　　　　（「開幕のベル」二〜四連・『薔薇記』）

長く引用したのは、「何のために生まれ　生きてきたのか」という、小林の存在理由と関わっているからである。井上ひさしの「マンザナわが町」とともにこれについては、小林の著書『我が人生の幕間にて　―劇団久喜座と私の二十六年』（二〇一七年・土曜美術社出版販売）に触れていただきたい。小林にとって舞台と詩作は完全に一体化しており、とりわけ劇団久喜座への思い入れは深い。劇団退団後、諸資料の整理に当たっていたとき、それを後世に記録として残すことを思い付いたという。これは大英断であり、久喜座の舞台にかかわったすべての人たちへの生涯の恩返しともなろう。「マンザナわが町」とともに、木下順二「夕鶴」のつうを演じたこともあり、小林は「五十分間に　安らぎ　憂い　迷い　喜び／怒り　希望　哀しみ　祈り／目まぐるしく演じて／白くなって消えていく　つう」（「扉の向こう」一連より・『扉の向こう』）と書いている。また、中島敦の妻・たかを演じたこともある。そうした舞台について、小林は自らを「何人もの私が　私の中で生きている／肉体を　役という幻に捧げて／限られた生命の時間を　燃やす／ひっそり　と光を放つホタル」（「ホタル」終連・『扉の向こう』）と形容している。「役という幻に捧げて」という箇所は「地球」が掲げたロマンティシズム精神の真髄に通じるものがある。
ここでは本著に触れる紙幅はないが、つぎのことばはきわめて印象深い。

　詩も芝居も人とのつながりの中で生きている喜びと感動を与えてくれる。そして、詩は日常の私の舵をとり、軌道修正をしていく。自分を見つめること、静かに歩む道を探すこと。詩はいつも私の前を歩いて行く。
　　　　　　（「埼玉新聞」文芸欄より・一九九九年十一月三十日）

これは小林の生活信条というより、詩作活動を含む芸術的な思想信条といってよい。私は戦後以降、多くの知己を得てきたが、こうした考えで詩作をする詩人は寡聞にして知らない。何しろ、こうして拙い文章を書いている私が、ほとんど日常的に真逆の生き方を強いられていて、正直、こういう心境で暮らしていけたら、一日がどれだけ密度の濃い、人間らしい生き方ができるのか、そのことを反省し思わずにはいられない。小林の生き方をみていると、聖書のことば「空の鳥を見よ、蒔かず、刈らず、倉に収めず。然るに汝らの天の父は、これを養ひたまふ」（マタイ伝六章二六節・文語訳）を実践している人の姿を浮かべてしまう。

こうして長々と小林論を書いてきて思うのは、前述の「詩も芝居も人とのつながりの中で生きている喜びと感動を与えてくれる」という自説ほど、本文庫の解説にふさわしいものは他にないことである。舞台公演の継続に悩んでいたとき、秋谷豊から「続けなさい。詩以外のものを持つことは、生きていく上で大切だから」という助言を受けたが、小林はそのことばを大切に守り抜き、与えられた日々をひたむきに生きている。秋谷豊没後十年、鈴木豊志夫の記念講演「詩人　秋谷豊と武蔵野」が二〇一八年二月十三日、北浦和会館で開催された。これは詩選集秋谷千春編『秋谷豊の武蔵野』（二〇一七年・土曜美術社出版販売）刊行を受けてのもので、そこで小林は師秋谷の詩作品を朗読している。こういう場に、小林はますますなくてはならない詩人になっている。他に、十五歳の悲劇を支えた母を看取る「母の我慢」「赤い星」などの作品も忘れ難い。さらなるこれからの活躍を願って筆を置きたい。

小林登茂子年譜

一九四四年（昭和十九年）　当歳
一月二十四日、東京都江東区で父西山一雄、母トミの長女として出生。以後、弟一人、妹二人誕生。

一九四五年（昭和二十年）　一歳
栃木県芳賀郡中村に疎開。母に背負われて満員列車に乗ったが、母と私の間でドアが閉まったそうだ。

一九五〇年（昭和二十五年）　六歳
四月、中村小学校入学。

一九五五年（昭和三十年）　十一歳
野口重信先生が五、六年生の担任となり、学芸会で、「野口英世の少年時代」を先生の脚本で上演。初めて演劇と出会う。その後、中学時代は放送劇、高校時代は演劇部で活動。

一九五九年（昭和三十四年）　十五歳
二月、父一雄病没。享年四十七。

一九六二年（昭和三十七年）　十八歳
二月、経済企画庁（現在は内閣府）に就職。
四月、法政大学経済学部（通信教育）入学。七年後卒業。
演劇サークル「麦の会」に所属。演劇を継続。

一九六五年（昭和四十年）　二十一歳
小林茂と結婚。

一九六九年（昭和四十四年）　二十五歳
夫のすすめで経済企画庁を退職し、東京演劇アンサンブル俳優教室に入所。二年後卒業。

一九七一年（昭和四十六年）　二十七歳
長男智明誕生。

一九七三年（昭和四十八年）　二十九歳
久喜宮代衛生組合に就職。以後、六十歳で定年退職後、再任用制度により六十二歳まで勤務。

一九七四年（昭和四十九年）　三十歳
次男敦誕生。

一九七五年（昭和五十年）　三十一歳
長女純子誕生。

一九七九年（昭和五十四年）　三十五歳
朝日新聞「埼玉文化」（秋谷豊選）に詩の投稿を始める。

同じ頃、埼玉県立図書館で音訳ボランティア開始。現在も継続中。

一九八四年（昭和五十九年）　四十歳

「麦の会」の演出家吉岡利根雄氏に誘われて、劇団「かざぐるま」（春日部）の公演に参加。演劇再開。

一九八六年（昭和六十一年）　四十二歳

七月七日、朝日埼玉文化賞授賞式で秋谷豊氏に初めて出会う。

一九八八年（昭和六十三年）　四十四歳

四月からよみうり文化センター（詩の教室）で、秋谷氏の指導を受け始める。

一九九〇年（平成二年）　四十六歳

七月二十五日、「劇団久喜座」旗揚げに参加。以後、主宰者澤田照夫氏と共に二〇一六年五月まで、五十余回の舞台に関わった。

一九九二年（平成四年）　四十八歳

七月十五日　詩集『赤い傘』（現代詩工房）出版。

一九九四年（平成六年）　五十歳

一〇九号から詩誌「地球」同人（終刊同人）。

八月、「第十五回世界詩人会議台湾大会」に参加。初めての海外旅行。

一九九六年（平成八年）　五十二歳

一月十七日、埼玉会館森永エンゼルルームで行われた秋谷豊丸山薫賞受賞お祝いの会で、「ランプ」「夕映えのとき」を朗読。

一九九七年（平成九年）　五十三歳

六月、「第十六回世界詩人会議日本大会」（前橋市）に参加。

九月二十八日、福井県清水町主催のふるさと詩劇場に参加。

一九九八年（平成十年）　五十四歳

十二月十五日、詩集『薔薇記』（地球社）出版。

一九九九年（平成十一年）　五十五歳

四月二十九日から五月二日、「東アジア詩のフェスティバル」に参加。

「第七回アジア詩人会議一九九九ウランバートル」（モンゴル）に参加。

二〇〇〇年（平成十二年）　五十六歳

十一月五日、「世界詩人祭二〇〇〇東京—ふるさとの詩祭」に参加。

二〇〇二年（平成十四年）　五十八歳
四月二十六日から八月二日まで、「第八回アジア詩人会議二〇〇二シルクロード」（西安・敦煌）に参加。

二〇〇三年（平成十五年）　五十九歳
十二月二十日、詩集『扉の向こう』（地球社）出版。

二〇〇四年（平成十六年）　六十歳
七月二十九日から八月五日まで、「第九回アジア詩人会議二〇〇四ウルムチ・カシュガル」に参加。

二〇〇五年（平成十七年）　六十一歳
十一月十八日から二十日まで、「アジア環太平洋詩人会議二〇〇五東京」に参加。

二〇〇七年（平成十九年）　六十三歳
一月、母トミ没。享年八十六。
五月十二日、詩集『シルクロード詩篇』（北溟社）出版。
八月二十一日から二十六日まで、「第十回アジア詩人会議二〇〇七中国雲南・昆明・麗江・シャングリラ」に参加。

二〇〇八年（平成二十年）　六十四歳
五月十六日から十九日まで、「日韓現代詩交流三十五年記念・アジアの詩の集いソウル」に参加。
六月二十八日、山崎勢津子さんと二人で、伊奈町のイノセントギャラリー「寧」において朗読勉強会「扉の向こう」その一、開催。その後、十年間で十回開催。二〇一一年東日本大震災後は埼玉の詩人の震災詩を朗読し、詩人と詩を書かない人との交流を計った。
十一月、秋谷豊氏没。享年八十六。

二〇〇九年（平成二十一年）　六十五歳
十月二十日、詩集『最後まで耳は聞こえる』（土曜美術社出版販売）出版。

二〇一三年（平成二十五年）　六十九歳
六月、詩誌「晨」創刊に参加。

二〇一五年（平成二十七年）　七十一歳
詩誌「豆の木」第二〇号から参加。

二〇一六年（平成二十八年）　七十二歳
一月二十四日、詩集『記憶の海』（土曜美術社出版販売）出版。

二〇一七年（平成二十九年）　七十三歳
七月二十五日、エッセー集『我が人生の幕間にて―劇団久喜座と私の二十六年』（土曜美術社出版販売）出版。

現住所　〒346―0005
埼玉県久喜市本町1―4―45

新・日本現代詩文庫141 小林登茂子詩集

発行　二〇一八年十二月二十五日　初版

著者　小林登茂子
装丁　森本良成
発行者　高木祐子
発行所　土曜美術社出版販売
〒162-0813　東京都新宿区東五軒町三—一〇
電話　〇三—五二二九—〇七三〇
FAX　〇三—五二二九—〇七三二
振替　〇〇一六〇—九—七五六九〇九

印刷・製本　モリモト印刷

ISBN978-4-8120-2483-6　C0192

新・日本現代詩文庫

土曜美術社出版販売

⑭1 小林登茂子詩集　解説　高橋次夫・中村不二夫

〈以下続刊〉

万里小路譲詩集　解説　近江正人・青木由弥子

稲木信夫詩集　解説　広部英一・岡崎純

細野豊詩集　解説　アンバル・パスト・北岡淳子・下川敬明

清水榮一詩集　解説　高橋次夫・北岡淳子

①中原道夫詩集
②坂本明子詩集
③高橋英司詩集
④前原正治詩集
⑤三田洋詩集
⑥本多寿詩集
⑦小島禄琅詩集
⑧新編菊田守詩集
⑨出海溪也詩集
⑩柴崎聰詩集
⑪相馬大詩集
⑫桜井哲夫詩集
⑬新編島田陽子詩集
⑭新編真壁仁詩集
⑮南邦和詩集
⑯星雅彦詩集
⑰井之川巨詩集
⑱新々木島始詩集
⑲小川アンナ詩集
⑳新編井口克己詩集
㉑新編滝口雅子詩集
㉒谷　敬詩集
㉓福井久子詩集
㉔森ちふく詩集
㉕しま・ようこ詩集
㉖腰原哲朗詩集
㉗金光洋一郎詩集
㉘松田幸雄詩集
㉙谷口謙詩集
㉚和田文雄詩集
㉛新編高田敏子詩集
㉜皆木信昭詩集
㉝千葉龍詩集
㉞新編佐久間隆史詩集
㉟長津功三良詩集

㊱鈴木亨詩集
㊲埋田昇二詩集
㊳川村慶子詩集
㊴新編大井康暢詩集
㊵米田栄作詩集
㊶池田瑛子詩集
㊷遠藤恒吉詩集
㊸五喜田正巳詩集
㊹森常治詩集
㊺和田英子詩集
㊻伊勢田史郎詩集
㊼鈴木満詩集
㊽曽根ヨシ詩集
㊾成田敦詩集
㊿ワシオ・トシヒコ詩集
(51)高田太郎詩集
(52)大塚欽一詩集
(53)香川紘子詩集
(54)井元霧彦詩集
(55)高橋次夫詩集
(56)上手宰詩集
(57)網谷厚子詩集
(58)門田照子詩集
(59)水野ひかる詩集
(60)丸本明子詩集
(61)村永美和子詩集
(62)藤坂信子詩集
(63)門林岩雄詩集
(64)新編原民喜詩集
(65)新編濱口國雄詩集
(66)日塔聰詩集
(67)武田弘子詩集
(68)大石規子詩集
(69)吉川仁詩集
(70)尾世川正明詩集

(71)岡隆夫詩集
(72)野仲美弥子詩集
(73)葛西洌詩集
(74)只松千恵子詩集
(75)鈴木哲雄詩集
(76)桜井さざえ詩集
(77)森野満之詩集
(78)坂本つや子詩集
(79)川原よしひさ詩集
(80)前田新詩集
(81)石黒忠詩集
(82)壺阪輝代詩集
(83)若山紀子詩集
(84)香山雅代詩集
(85)古田豊治詩集
(86)福原恒雄詩集
(87)黛元男詩集
(88)山下静男詩集
(89)赤松徳治詩集
(90)梶原禮之詩集
(91)前川幸雄詩集
(92)なべくらますみ詩集
(93)津金充詩集
(94)中村泰三詩集
(95)和田攻詩集
(96)藤井雅人詩集
(97)馬場晴世詩集
(98)鈴木孝詩集
(99)久宗睦子詩集
(100)水野るり子詩集
(101)岡三沙子詩集
(102)星野元一詩集
(103)清水茂詩集
(104)山本美代子詩集
(105)武西良和詩集

(106)竹川弘太郎詩集
(107)酒井力詩集
(108)一色真理詩集
(109)郷原宏詩集
(110)永井ますみ詩集
(111)阿部堅磐詩集
(112)新編石原武詩集
(113)長島三芳詩集
(114)柏木恵美子詩集
(115)近江正人詩集
(116)名古きよえ詩集
(117)新編石川逸子詩集
(118)佐藤真里子詩集
(119)河井洋詩集
(120)戸井みちお詩集
(121)金堀則夫詩集
(122)三好豊一郎詩集
(123)古屋久昭詩集
(124)佐藤正子詩集
(125)川端進詩集
(126)桜井滋人詩集
(127)葵生川玲詩集
(128)今泉協子詩集
(129)柳内やすこ詩集
(130)新編甲田四郎詩集
(131)大貫喜也詩集
(132)今井文世詩集
(133)中山直子詩集
(134)林嗣夫詩集
(135)柳生じゅん子詩集
(136)原圭治詩集
(137)森田進詩集
(138)水崎野里子詩集
(139)比留間美代子詩集
(140)内藤喜美子詩集

◆定価（本体1400円+税）